하마터면 엄마로 늙을 뻔했다

인생 쯤 아는
여자들의 공감 수다

하마터면

엄마로 늙을 뻔 했다

조금희 글 · 그림

행복한작업실

이제 다시 내 이야기를 시작할 당신에게

저는 세 살 터울의 아들 둘을 둔 엄마입니다. 남편까지 보태서 아들 셋을 키운다는 농담을 하고는 해요. 아이를 키우는 대부분의 주부가 그렇듯 소소하면서도 결코 쉽게 지날 수 없는 수많은 일을 겪으며 여기까지 왔습니다.

2년 전 둘째가 대학에 입학했습니다. 큰아이를 가지면서 시작된 24년 동안의 '육아'를 일단락 맺게 되었지요. 아이가 반수를 하겠다고 했을 땐 꾸역꾸역 읽어낸 어려운 책의 에필로그를 펼치는 그런 기분이었어요. 아직 끝나지 않았다는 실

망과, 그래도 이제 얼마 남지 않았다는 기대가 교차했거든요. 다시 1년이 지나서 둘째가 대학과 학과를 결정함으로써 드디어 학부모를 졸업하게 되었습니다.

참 오랫동안 기다린 순간이었습니다. 둘째를 대학에 보내기만 하면 무거운 짐을 내려놓을 수 있을 거라고 생각했어요. 기특하게도 아이가 누구나 가고 싶어 하는 좋은 대학교에 들어갔기에 어떤 마음의 보상이 찾아오리라는 막연한 기대도 갖고 있었어요. 하지만 기쁨과 평안이 찾아온 건 아주 잠깐이었고, 오히려 공허함만 더해져서 마음이 더욱 처졌습니다. 몸도 내 처지를 귀신같이 알아내고는 하나의 역할을 내려놓자마자 갱년기가 찾아왔습니다. 어쩌면 진즉에 찾아온 걸 바짝 긴장하고 사느라 미처 모르고 지낸 것일 수도 있어요.

한동안 부지불식간에 닥쳐오는 불안과 걱정으로 꼼짝할 수 없었습니다. 삶의 관성이라는 것이 이렇게나 무서워요. 그동안 열심히 걸어온 길에서 살짝 벗어날 틈이 생겼을 뿐인데, 그만 길을 잃고 말았으니까요.

한 인간으로 태어나 여자로 살다가 남편을 만나 결혼하면서 아내와 며느리가 되었습니다. 그리고 엄마라는 역할이 더해졌습니다. 아이들이 자라서 어느 정도 제 앞가림을 할 무렵에 이제 한 시름 놓나 했더니, 그때부터는 나이 든 친정 부모를 부양하고 걱정하는 딸이 되어야 했습니다. 아내이자 며느리, 엄마이면서 딸이라는 만만치 않은 삶의 여러 가지 배역을 소화하느라 정신없이 살았습니다. 그나마 저는 사회생활을 거의 하지 않았길망정이지, 그것까지 했다면 어땠을까 하는 아찔한 생각이 듭니다. 우리 워킹맘들, 정말 대단하지 않나요?

미대에 진학하기 위해 방과 후에 미술 학원으로 향하던 고등학생 시절의 제 꿈은 '아내'가 아니었고, '며느리'나 '엄마'는 더더욱 아니었습니다. 그런 역할들은 인생을 살아가는 동안 저절로 찾아오는 과정일 뿐이라고 생각했습니다. 화가라는 목표 지점을 향해 가는 여정의 중간 기착지 같은. 결혼 생활을 가볍게 여긴 적은 없지만, 그 역할들은 내 삶을 이루는 수많은 요소들 가운데 조금 비중이 큰 것일 뿐이라고, 순진하게 생각했어요. 내 삶의 시간을 송두리째 바쳐야 한다는 걸 전혀 몰랐던 거예요.

오십 중반으로 접어든 지금, 많은 것이 변해 있습니다. 아이들은 더 이상 부모의 품에 가둘 수 없게 되었어요. 남편과의 애정은 우정으로 색깔이 달라졌습니다. 예전에는 어렵기만 하던 시댁 식구들과도 스스럼없이 지낼 정도로 친밀해졌습니다. 친정아버지를 떠나보낸 슬픔은 가슴에 묻었고, 이제는 친정 엄마와 함께 종종 여행을 다니며 추억을 쌓고 있습니다. 젊음은 지나갔고 조금씩 낡아갈 때에 이르렀지만 많은 것이 무뎌졌고, 그래서 편해졌습니다.

그런데도 어느 순간에는 막막해집니다. 내 짧은 표현력으로는 뭐라고 단정할 수 없는 갖가지 감정이 한꺼번에 몰려와서 갈팡질팡했어요. 그럴 때면 이제는 순한 양이 된 남편을 애꿏게 괴롭히기도 했어요. 모두들 무엇이 되기 위해 하나둘씩 내려놓고 그렇게 살아왔는데, 모든 것이 될 수 없고 모든 것을 할 수 없으니 후회와 아쉬움이 남는 건 당연한 일인데,

왜 나만 이렇게 유별나게 때늦은 사춘기를 겪나 하는 생각에 자책하기도 했어요.

그러다가 펜을 들었습니다. 쌓았다가 무너뜨리고, 다시 쌓고 무너뜨리느라 이곳저곳 패고 헤집어놓은 내 감정의 계곡에 무엇이 있나 들여다보고 싶었습니다. 일기를 쓰듯 지난 시간을 돌아보고 지금을 바라보며, 미래에 찾아올 기특한 깨달음들을 끼적였습니다. 가족과는 함께할 수 없었던 내밀한 이야기를 공유했던 오랜 친구들의 농담 같기만 하던 푸념과 하소연과 격려가 사실은 내가 가장 하고 싶고 듣고 싶었던 말이었음을 알게 되었습니다.

저는 소설을 쓰려고 했습니다. 그런데 결국에는 일기이자 에세이가 되고 말았습니다. 글 속의 등장인물들에게 지어낸 이름을 부여하고 실제와는 다른 상황을 연출했지만, 현실의 그들은 그게 자기인 걸 다 알 것 같아요. 이제 친구들에게 머리끄덩이 잡힐 일만 남았네요.

하마터면 엄마로 늙을 뻔했다

짧지 않은 시간 동안 우리는 잘해왔고, 지금도 충분히 잘하고 있으며, 앞으로도 잘할 거예요. 아직은 빈 페이지로 남아 있는 인생의 여백에 내 이야기를 새롭게 써내려갈 여러분에게 저의 이 시도가, 그 결과물인 이 책이 좋은 길잡이가 되기를 희망합니다.

눈 내린 다음 날, 조금희

차 례

등장인물
소개

추연

정아

영미

희수(나)

경옥

2박 3일,
우리끼리 제주도 여행

3번 게이트가 열렸다. 밀리터리룩 스타일의 짧은 반바지를 입은 추연이 들어섰다. 얼굴을 다 가릴 만큼 커다란 잠자리 테 선글라스를 썼지만, 한눈에 알아볼 수 있었다. 추연은 주위를 두리번거리다가 나와 영미, 정아를 발견하고는 우리를 향해 팔을 흔들었다. 영미가 추연에게 팔을 들어 보이며 고개를 살짝 돌려 말했다.

"저 패션 좀 봐. 공항에서도 눈에 확 띄네."

"네 패션은 어떻고?"

나는 영미에게 말하면서 정아와 눈을 맞췄다. 정아는 웃고 있었다. 조금 전에 공항에 들어선 영미가 화사한 빛깔의 통 원피스를 펄럭이며 우리를 향해 달려올 때도 그녀를 두고 정아와 비슷한 얘기를 했더랬다.

이 옷을 입고 저 옷을 가져갈까? 내가 혼잣말을 하며 거울 앞을 서성일 때 남편은 그렇게 신이 나느냐며 웃음을 지었다. 타박 아닌 타박을 하던 남편 얼굴이 떠오르자 나도 모르게 피식 웃음이 새어나왔다.

추연이 미끄러지듯 다가왔다.

"경옥이는 아직?"

추연은 선글라스를 머리에 꽂으며 실눈을 뜬 채 먼저 와 있던 우리 셋을 위아래로 훑으며 덧붙였다.

"오, 다들 신경 좀 썼는데?"

내가 휴대폰을 거울 삼아 머리를 매만지며 말했다.

"아휴, 말도 마. 어제 하루 종일 먹을 거 좀 해놓고 밀린 빨래를 했는데, 빨랫줄이 남자들 팬티로 만국기인 거 있지. 짐 다 싸고 고단해서 곯아떨어졌는데 이상하게 오늘 눈이 일찍

하마터면 엄마로 늙을 뻔했다

떠지더라."

그랬다. 어제는 하루 종일 집안일 지옥에 빠져 지냈다. 남편은 배달 음식 시켜 먹으면 된다며 그냥 두라고 했지만 마음이 편치 않았다. 이틀이나 집을 비우려니 최소한의 반찬은 냉장고에 쟁여놓아야 마음이 놓일 것 같았다. 내 말에 영미 역시 그랬다고 했다. 추연이 코웃음을 쳤다.

"니들끼리 좋은 엄마, 좋은 마누라 다 해라. 내버려둬도 잘만 챙겨 먹더만."

추연의 말에 정아도 맞장구쳤다.

"그래, 여행 뭐 얼마나 자주 간다고. 희수랑 영미, 너무 열심이다."

8시 20분을 막 넘어서고 있었다. 탑승까지 남은 시간은 약 50분. 아직 도착하지 않은 경옥 때문에 슬슬 조바심이 나기 시작했다. 집이 예산인 경옥은 새벽에 출발하여 공항으로 차를 몰고 오는 중이었다. 어쩌면 지금쯤 공항 주차장에 도착했는지도 몰랐다.

경옥은 언제부터인가 개량 한복만 고집했다. 머리는 뒤로

존재감

자식을 양육하는 것은
엄마의 당연한 의무다.

하지만 자식이 자란 뒤에는
엄마의 부재로 인한 아이의 불편함이
엄마가 존재하는 이유가 되어서는 안 된다.

집사나 하인이 되느냐,
아니면 부모가 되느냐는
당신에게 달려 있다.

질끈 동여매고, 이제는 화장도 거의 안 한다. 친구들은 그런 경옥을 '도인'이라고 부른다. 실제로 경옥은 세상 돌아가는 일에 별로 관심이 없다. 여고 동창인 우리와 소통하며 주고받는 것이 세상 소식의 거의 전부다. 오늘만큼은 좀 예쁘게 차려입고 와야 할 텐데.

내 조바심이 모두에게 전염되려는 찰나 커다란 배낭을 멘 경옥이 3번 게이트에 모습을 드러냈다. 우리가 걱정하고 있었다는 사실을 전혀 알 리 없는 경옥의 표정은 그저 해맑았다. 기대와 달리, 여전히 개량 한복 차림이었다.

"그렇게나 좋아? 저기까지 니들 수다 소리 다 들려. 다들 아주 난리가 났구나? 추연이 너는 뒤돌아 있으면 영락없이 아가씨야."

"왜? 앞모습도 이 정도면 쓸 만하지."

추연이 과장되게 요염한 자세를 취했다. 나는 그런 추연의 등짝을 한 대 후려치고 경옥에게 말했다.

"일찍부터 나오느라 바빴겠네? 그래도 오늘은 다른 것 좀 입고 오지."

경옥이 자신의 치마 자락을 펼쳐 보였다.

"다른 거 입었잖아. 이번엔 치마로."

그래놓고 경옥은 호탕하게 웃음을 터뜨렸다.

오십을 넘어서면 여행이 항상 설레는 건 아니다. 국내의 웬만한 데는 거의 가봤고, 해외에도 몇 번씩은 나가봤을 나이다. 어디로 떠난다 한들, 여행 그 자체로 설레어본 기억이 가물가물하다.

게다가 그동안 여행 파트너는 항상 가족이었다. 가족 여행이 즐겁지 않은 건 아니지만, 여행하는 동안에 시시때때로 남편과 아이들 뒤치다꺼리하는 느낌이 든다. 그러다가 큰맘 먹었다. 친구들끼리 오랜만에 여행을 떠나기로 한 것이다. 그것도 제주도에서 2박 3일씩이나.

정아가 가방을 어깨에 걸며 말했다.

"벌써 8시 반이네? 탑승 수속하러 가자."

이번 여행의 리더는 누가 뭐래도 정아였다. 정아가 아니었

하마터면 엄마로 늙을 뻔했다

다면 그럴싸한 계획만 세워놓고 일이 년을 더 흘려보냈을 것이다.

베테랑 보험 설계사인 정아는 오십이 넘은 지금까지도 웬만한 직원들보다 실적이 좋다. 수입을 공개한 적은 없지만, 우리끼리는 정아 연봉이 최소 1억은 될 거라고 짐작했다. 그러다 몇 해 전 정아가 제주 서귀포에 타운하우스를 분양받자, 우리는 그 추정이 팩트라고 확신하게 되었다. 드디어 그 타운하우스가 완공되었고, 우리 제주도 여행의 베이스캠프가 마련되었다.

정아가 타운하우스 이야기를 꺼내기 전에도 제주도에 한번 가자는 이야기는 몇 번 나왔다. 하지만 막상 실행하려면 누구 하나에게 집안일이 생겨 계획이 취소되었다. 한 친구의 일이 해결되면 다른 친구의 신변에 일이 생겼다. 엄마이자 아내, 며느리이자 딸이라는 역할에서 벗어나기가 쉽지 않았다. 당장 휴대폰으로 항공권을 구입하면 언제든지 갈 수 있는 곳이지만, 우리의 제주도 여행은 이룰 수 없는 아득한 꿈처럼 여겨졌다.

죽기 전엔 가겠지, 뭐. 이렇게 푸념하며 반쯤 포기하고 있을 무렵 정아가 깃발을 들었다. 타운하우스 집들이라는 그럴싸한 명분도 있었다. 친구들 모두 이번에는 꼭 성사시키자며 의지를 불태웠고, 그 첫발을 지금 막 떼고 있다.

"이게 뭐 그리 어려운 일이라고……."

추연이 말해놓고 과장되게 한숨을 내쉬었다.

추연이 감추어놓은 뒷말이 무엇인지는 말 안 해도 안다. 날짜를 정하고 티켓을 사서 약속에 맞추어 모여서 떠나면 된다. 그래, 이게 뭐 그렇게 대단한 일이라고…….

친구들도 추연의 심정에 공감하는지 입을 다물고 있었다. 너무 쉬워서 싱거운 생각마저 드는 이 일을 해내느라 우리는 지난 몇 년을 씨름해야 했다. 누가 붙잡은 것도 아닌데, 못 가게 뜯어말린 것도 아닌데, 선뜻 나서지 못했다. 친구 한 명에게 사정이 생겨서 일이 틀어지면 속이 상하면서도 한편으로는 안도감을 느꼈다. 기차나 자동차로 육지를 이동하는 것과는 분명 다른 일이었다. 남편과 아이들 없이 바다를 건너는 비행기에 몸을 실어도 되는지 의구심이 들었다. 어쩌면 그동안

하마터면 엄마로 늙을 뻔했다

우리의 제주도 여행이 어긋났던 건 우리 자신을 스스로 붙들어 어두었기 때문인지도 몰랐다.

탑승 수속을 마치고 보안 검색 구간을 통과하는 시간이 꽤 걸렸다. 예상보다 여행객이 많았다. 봄 여행 시즌인 5월은 이미 지나갔고, 본격적인 여름휴가 시즌인 7월 말까지는 한 달 정도가 남아 있었다. 계절이나 시즌을 따져서 여행을 떠나는 건 옛말이었다. 사람들이 여행에 진심인 시대가 되었구나, 하는 생각이 들었다.

검색 장비를 통과한 뒤 7번 탑승구로 향했다. 탑승구 주변의 대기 좌석에도 꽤 많은 사람이 몰려 있었다. 추연이 비어 있는 자리 하나를 발견하고는 달음박질하듯 빠르게 다가갔다. 우리는 그곳에 짐을 쌓아놓고 탑승구가 열리기를 기다렸다.

"쟤네들 좀 봐. 요즘 제주도 여행 참 흔해졌다. 시즌도 아닌데 놀러 다니는 애들이 왜 이리 많아?"

"우리는 저때 꿈도 못 꿨지. 친구 집에서 자고 간다고 해도 난리가 났잖아."

기다리는 동안에도 우리의 수다는 멈출 줄 몰랐다. 그런 동안에도 내내 듣고만 있던 경옥이 내게 물었다.

"희수 넌 시댁 언제 다녀온 거야? 이렇게 여행으로 가는 건 오랜만이지?"

남편의 고향이 제주도다. 명절이나 경조사가 있는 날이면 시댁에 가느라 늘 제주행 비행기에 올랐다. 하지만 그런 날에 시댁에 가느라 찾아가는 제주도는 '제주도'가 아니다. 그냥 시댁이 있는 고장일 뿐.

"명절에 다녀왔지. 따로 놀러만 가본 건 언제인지 생각이 안 나."

추연이 끼어들었다.

"우리끼리 바다 건너가는 건 처음이네. 다음엔 동남아?"

정아가 불이 더 잘 타라고 기름을 부었다.

"동남아? 그다음은 유럽?"

영미가 친구들을 말렸다.

하마터면 엄마로 늙을 뻔했다

여행

혼자 또는
마음 맞는 친구와 함께
주기적으로 여행을 떠나라.

가정이라는 울타리를 벗어나
자기만의 시간을 갖는 것이
엄마, 아내로서의 역할을
방기하는 것은 아니다.

여행을 통해 휴식을 취하고
활력을 얻는다면
그것은 당신 가족에게
무척 이로운 일이다.

"워워, 거기까지. 우리 첫 여행 때 기차 탄 것도 좋았어. 경옥이 보러 갈 때였지?"

경옥이 받았다.

"그래, 난 기차 여행 좋더라. 운치 있잖아."

하지만 추연은 아직 불을 꺼뜨릴 생각이 없었다.

"그럼 유럽에서 기차!"

탑승 시작을 알리는 안내 방송이 들려왔다. 순식간에 긴 줄이 만들어졌다. 우리도 각자 캐리어와 가방을 챙겨서 탑승구로 향했다. 나는 맨 마지막으로 흘린 짐이 없는지 살펴본 뒤 천천히 친구들 뒤를 따랐다.

일 년에 한두 번은 제주도에 다녀와야 하는 나는 제주도로 향하는 여행객들의 설렘과 몸짓이 낯설지 않다. 그때마다 나는 그저 무덤덤한 표정으로 대열에 합류하여 걸음을 옮기다가 비행기에 오르고는 했다. 남편은 고향 가는 마음에, 아이들은 그저 비행기 탈 생각에 들떴겠지만 나는 그렇지 못했다. 어쩌면 제주도를 시댁으로 둔 사람에게 제주도는 더 먼 곳인지도 모른다. 우리의 가족 여행 리스트에 제주도가 포함

하마터면 엄마로 늙을 뻔했다

된 적은 한 번도 없었다. 나에게 제주도는 여행하는 곳이 아니라, 다녀오는 곳이었다.

그랬는데, 친구들과 함께 비행기에 오르기 위해 기다리는 지금은 설렌다. 비행기로 연결된 탑승 레일을 따라 걷는 친구들의 뒷모습을 보는 것만으로도 입가에 미소가 잡힌다. 남편이 서운해해도, 아이들이 엄마한테 배신감을 느껴도 어쩔 수 없다. 지금 이 기분을 망치고 싶지 않다.

우리의 좌석은 통로를 사이에 두고 나란히 놓인 2인석과 3인석이었다. 먼저 비행기에 들어선 정아와 영미, 경옥이 중간의 3인석에 나란히 앉았다. 나와 짝이 된 추연은 내게 창가 자리로 가라고 손짓했다. 가운데에서 이쪽으로 저쪽으로 수다를 떨 요량이었다. 나는 웃으면서 통로 자리를 추연에게 양보했다.

잠시 뒤 고막을 먹먹하게 하는 소음과 함께 비행기가 활주로를 달렸다. 이륙하는 소리가 요란하게 들려오고 기체가 흔들렸다. 뱃속이 출렁거렸다. 그 울렁거림은 우리의 여행이 시작되고 있다는 유쾌한 신호였다. 내내 재잘대던 친구들도 그때만큼은 입을 다물었다.

　나는 귀가 멍해서 잠시 눈을 감았다. 그 순간, 문득 그런 생각이 들었다. 우리 다섯 명, 언제부터 이렇게 함께 다녔지? 고등학교로 거슬러 올라가면 우리 모두 2학년 때 같은 반이었다. 어리벙벙하던 신입생이 2학년이 되면 교실이 내 집처럼 편안해지고 같은 반 아이들과도 가족 같은 유대를 형성한다. 가깝게 지내는 친구도 하나둘 늘어난다. 아직 수험생이 아니어서 여고 시절의 황금기라 할 수 있다. 그때는 두 명씩 단짝으로 지내는 경우가 많았다. 이렇게 다섯이 몰려다니지는 않았다.

　나는 눈을 뜨고 친구들의 얼굴을 쭉 훑어보았다. 그때 눈을 동그랗게 뜬 채 나를 쳐다보고 있는 추연의 시선과 마주쳤다. 이심전심이었을까? 마치 내 물음에 답이라도 하듯 추연이 귀에 대고 속삭였다.

　"희수야, 우리 반창회 연 것도 벌써 10년 됐어. 그때부터 우리 다섯, 쭉 여행 멤버였지?"

　"그러네. 정말 빠르다. 벌써 10년이라니."

비행기가 줄곧 흔들렸다. 나는 다시 눈을 감고 10년 전 봄을 떠올렸다. 햇살이 따뜻한 계절이었다.

평생
엄마로 살아야 할까?

오전의 집안일을 끝내고 마감이 얼마 남지 않은 일러스트 작업을 하고 있을 때였다. 커피 한잔 하며 쉬고 싶다는 생각이 간절할 즈음 휴대폰 벨이 울렸다. 반가운 이름이 뜨는 걸 보고 득달같이 수신 버튼을 눌렀다.

"어이, 추연! 오랜만이야."

"너 요즘 뭐하느라고 연락이 없어?"

추연은 일단 쏘아붙인 뒤 곧바로 본론을 꺼냈다.

"야, 이번에 우리 2학년 반창회 열 거야. 너, 친구들 안 궁금해? 우리 친했던 애들 다 나오기로 했어."

"네가 안 친한 애가 어디 있었어?"

추연은 학창 시절 온 학교를 누비고 다녔다. 키 큰 애, 작은 애, 이 반 저 반 할 것 없이 두루두루 친하게 지내는 아이들이 많았다. 사실 그 점 때문에 나는 입이 비죽 나오기도 했다. 추연이 나를 단짝 친구라고 말하면서도 만인의 여인이었던 게 맘에 안 들었다. 둘이서만 비밀을 나누는 친구. 예민했던 사춘기 여고생에게는 그 어느 것과도 바꿀 수 없는 보물과도 같은 존재였다.

고3이 되면서 우리는 각자의 진로에 따라 반이 갈리고 바빠졌다. 추연을 독점하고 싶었던 내 질투심은 점점 사그라졌다. 하지만 대학에 진학한 뒤로도 추연과 나는 꾸준히 만남을 이어갔다. 끝까지 남는 게 진짜 남는 거라고, 억지로 가지려 하지 않아도 우리는 이미 절친으로 남아 있었다.

추연은 학교 동창회에 늘 참석했다. 내게도 같이 가자고 권했지만 나는 마당발이 아니어서 다른 반 친구들이 섞여 있는 자리에는 가고 싶지 않았다. 아줌마들 하는 얘기라는 게 빤

하지 하면서 피했다.

그런데 반창회였다. 마음이 동했다. 추연이 추진하는 우리 반 반창회는 가야 할 것 같았다. 거기마저 따라 나가지 않으면 생전 추억 속에 있던 친구들을 못 만나겠구나 하는 생각이 들었다. 추연과 이런저런 추억을 소환하다 보니 친구들 얼굴이 점점 더 궁금했다. 전화를 끊고 난 뒤로 계속 반창회 날이 기다려졌다.

화사한 햇볕이 내리쬐는 4월 초, 퇴근길 러시아워가 심해지기 전에 나는 2호선 홍대역에 내렸다.

'6번 출구 가는 길이 이렇게 길었나?'

출구를 향해 걸어가는 동안 마치 시간을 거슬러 과거로 향하는 느낌이 들었다. 왠지 모를 설렘과 묘한 긴장감이 밀려왔다. 나를 반가워할까? 설마 몰라보는 건 아니겠지?

출구 계단을 오를 때 호들갑스럽게 내 이름을 부르는 추연의 목소리가 들려왔다. 추연 곁에 몇 명의 친구들이 서 있는

반
창
회

건전한 모임이라면
가끔이라도 반창회에 참가하자.

학생 때의 친구를 만나면
속절없이 흘러버린
시간과 마주하게 되지만,
추억 속을 여행하는 동안
까맣게 잊고 산 '나'를 다시 만나게 된다.

듯했지만, 출구 쪽에서 쏟아져 들어오는 햇빛 때문에 그들은 희미한 실루엣으로만 보였다. 밝은 빛에 노출되자 현기증이 일어서 잠시 눈을 감았다 떴다. 그때 추연 곁에 서 있던 친구가 반색하며 말했다.

"어머, 희수야. 나 누구게? 알아보겠어?"

그때 우리 나이가 마흔둘이었다. 고등학교를 졸업한 지 20년이 지나 있었다. 그런데도 눈앞에 불쑥 다가온 얼굴이 낯익었다.

"어머머, 너 영미지? 너 완전 그대로야."

"아우 야, 많이 늙었지! 네가 더 그대로야."

한바탕 웃음을 토한 뒤에 영미가 다시 계단을 올라오는 친구를 발견하고는 말했다.

"쟤도 우리 동창 아니니?"

뒤를 돌아본 내가 큰 소리로 말했다.

"정아야! 맞지, 너? 미쳤어, 미쳤어. 얘들 어쩜 다 그대로야."

정아가 계단을 뛰어올라 다가왔다.

"희수 나왔구나! 너도 진짜 안 변했다."

정아는 단아한 정장 차림이었다.

"정아야, 너 일하는구나? 커리어 우먼 냄새가 물씬 나네."

"그럼 나 한가락 하지."

그래놓고 정아는 웃었다.

연이어 반가운 얼굴들이 하나둘 모습을 드러냈다. 학교 다닐 때 그리 친하게 지내지 않은 친구들도 하나같이 반가웠다. 얼굴은 기억이 나는데 이름이 떠오르지 않는 친구도 있었다. 나는 추연에게 귓속말로 물었다.

"쟤, 야자 때 도망갔다가 담임한테 맞았던 애 맞지?"

"그래, 보경이잖아."

여고 시절의 나였다면 먼저 아는 체를 하지 못했을지도 모른다. 하지만 이제는 달랐다. 아줌마가 못할 일이 무엇 있나 싶었다.

"반가워, 보경아. 나 기억나?"

"기억나지, 그림 잘 그렸던 거. 네가 내 것 대신 그려줬잖아."

추연이 끼어들었다.

"너, 우리 반 애들한테 허벅지 보여줬던 거 기억나?"

하마터면 엄마로 늙을 뻔했다

보경이 대답했다.

"그걸 어떻게 잊겠어. 대걸레로 맞았는데."

"그래, 네 다리 멍든 데가 온통 총천연색이었잖아. 우리 같이 담임 욕 엄청 하고."

내 말에 곁에 있던 친구들도 그때 일이 기억났다면서 함께 웃었다.

"어휴, 누가 그림 그리는 애 아니랄까 봐."

약속 장소에 친구들이 나타날 때마다 그 시절의 사건이 하나하나 소환되었다. 그러고 나면 삼삼오오 모여 수다를 떨었다. 이 말 저 말이 섞여서 뒤죽박죽이었지만 또렷이 들을 수 있는 소리가 있었다.

"하나도 안 변했어."

"너 진짜 옛날 그대로야."

도대체 뭐가 그대로라는 건지……. 고등학교 2학년 교실을 떠난 지 24년이었다. 출산과 육아에만 10년 넘게 바쳤다. 여자를 낡게 만들기에 충분한 시간이다. 그런 사실을 우리가 모를 리 없었다. 그런데도 마치 약속이라도 한 것처럼 서로에게 그대로야, 라는 말을 아끼지 않았다. 그래, 뭐 어때? 그냥 우리에게만 시간이 멈춰 있었다 치는 거지. 그게 허세든 과장이든, 남들은 우릴 모르잖아. 자, 내게도 말해줘. 나도 그때랑 똑같다고!

고등학교를 졸업한 후 추연과 나처럼 끼리끼리 연락하고 지내던 친구들 두셋이 더 합류했다. 한 다리 건너 한 다리씩 옅은 친분을 나눈 사이였지만 24년의 세월을 뛰어넘어 한 자리에 모여 있는 것만으로도 정겹고 살가웠다.

추연이 아기들 숫자를 세는 엄마 돼지처럼 손가락으로 한 사람씩 머리꼭지를 짚으며 숫자를 세었다. 딱 열 명이었다.

"항상 온다고 했다가 안 나오는 애들이 있어. 우리 먼저 가서 먹고 있자."

홍대 맛집 거리에 들어섰다. 길가에 늘어선 식당 간판들이 눈길을 끌었다. 그 많고 많은 식당 중에 하필 우리가 향한 곳은 즉석 떡볶이 집이었다. 추연의 일방적인 기획이었지

하마터면 엄마로 늙을 뻔했다

만, 불평하는 친구는 없었다. 오랜만에 여고 시절의 친구들을 만났으니 적당히 여고생 코스프레를 하는 것도 나쁘지 않을 것 같았다.

오랜만에 함께 먹는 떡볶이가 마법을 부린 건지 어느새 우리는 여고생으로 돌아가 있었다. 식당을 찾은 젊은이들이 힐끗거리는데도 아랑곳없이 마구 수다를 떨었다. 좀 그럴싸하게 생긴 젊은 남자가 식당으로 들어서면 일제히 그쪽으로 눈길이 향하기도 했다. 배를 채우고 나서 향한 카페에서는 이야기꽃이 더 활짝 피었다. 다들 그동안의 공백을 한 번에 메우겠다는 기세였다.

저녁이 깊어갈 무렵 친구들이 하나둘 떠나갔다. 마법이 효력을 다했기 때문이다. 남편이 퇴근할 시각이었고, 아이들 학원이 끝날 시간이었다. 가겠다는 친구를 붙잡지는 않았다. 우리는 이미 그런 생활에 익숙해 있었다. 언제가 될지 모를 다음을 기약하며 먼저 떠나는 친구들과 인사를 나누었다. 그렇게 해서 남은 친구가 추연과 나, 영미, 정아, 이렇게 넷이었다. 추연이 장난스럽게 말했다.

"자, 이제 늙다리 아줌마들은 다 사라진 건가."

어느 정도 이야기가 오간 뒤에 정아가 그동안 가슴속에 붙잡아두었던 이야기를 꺼냈다.

"얘들아, 사실 나 돌싱녀 된 지 얼마 안 됐어."

정아의 갑작스러운 말에 짧은 침묵이 흘렀다. 곧 추연이 큰 목소리로 말했다.

"아, 요즘 아줌마들의 로망이라는 돌싱녀! 축하해!"

잠시 머물렀던 어색함이 확 달아났다.

그게 시작이었다. 정아의 비밀 아닌 비밀을 공유함으로써 우리 네 사람은 새로운 관계를 맺게 되었다. 나로서는 여고 시절과 연결되는 가지가 늘어난 셈이었다.

추연이 정아에게 다시 말했다.

"야, 너는 여고 동창 만나러 올게 아니라, 어디 남자 있는 모임엘 갔어야지!"

정아가 밉지 않게 미간을 찌푸려 보이자 우리는 다 같이 웃었다.

제법 어둑어둑해지고 나서야 카페를 나섰다. 젊은이들 틈

하마터면 엄마로 늙을 뻔했다

에 끼어 불빛이 휘황찬란한 봄밤의 홍대 거리를 걷고 있자니 기분이 묘했다.

사실 내게 홍대 거리는 익숙한 곳이다. 고등학교 1학년 때 미대에 진학할 계획을 세우고 2학년 때부터는 동네 미술 학원을 벗어나 홍대 앞의 학원을 다녔다. 그때의 나에게 그곳은 넓디넓은 세상이었다. 학원을 마칠 무렵 찻길 가에는 아이들을 태우러 온 검은색 승용차가 줄지어 서 있었다. 당시 홍대 앞은 지금의 대치동을 연상케 하는 미술 입시의 메카였다. 늦은 저녁, 나는 콩나물시루 같은 버스에 고단한 몸을 싣고 집으로 향했다. 승객들의 어깨 너머로 보이는 차창 밖 풍경이 을씨년스럽게 다가오고는 했다.

그날 우리가 거닐었던 홍대 거리는 옛 모습이 많이 사라진 상태였다. 거리에 잡다한 가게들이 더 많이 생겼고, 술집과 카페가 빈틈없이 거리를 채우고 있었다. 젊은 아이들의 옷차림도 내가 고등학생일 때와는 너무 달랐다.

"내 추억이 다 사라지고 있네. 여기는 내가 나이 들었다는 걸 너무 증명해준다."

"맞아, 그런 거 같아. 젊은 애들한테는 여기가 제2의 압구정이라며?"

"우리는 동대문이랑 명동이었지."

나와 정아, 영미가 한마디씩 하고 나자 추연이 멈추어 서더니 말했다.

"노인네들 같은 소리 집어치우고, 저기 들어가 보자."

추연이 가리킨 곳은 옷가게였다. 밝은 조명 아래에 봄꽃만큼이나 화사한 옷들이 우리를 유혹하고 있었다. 여자는 아무리 나이가 들어도 마음만은 20대인 건지, 옷가게 쇼윈도에 내걸린 예쁜 옷을 보면 그냥 지나치지 못한다. 진열된 옷의 스타일이 마흔을 넘긴 여자들이 소화할 만한 것이 아닌 걸 알면서도 우리는 당차게 옷가게로 향했다. 하지만 우리는 그곳에 오래 있지 못하고 금세 빠져나왔다. 거울 앞에 서서 옷을 몸에 대보고 나서야 현실 파악을 했던 것이다. 하지만 친구들과 어울려 옷 구경을 한 것만으로도 충분히 즐거웠다.

저녁이 깊어지자 거리에는 인파가 더 늘었다. 우리는 사람들로 북적이는 그 거리 한가운데에서 사진을 찍었다. 카메라

프레임 안에 서로 들어가려고 가벼운 몸싸움을 하는 동안에
도 우리의 웃음은 그칠 줄을 몰랐다.

반창회 이후 우리 네 사람은 종종 모임을 가졌다. 연남동
과 인사동 등지의 맛집과 분위기 좋은 카페를 찾아다녔다.
끄트머리에는 꼭 맥주 한잔을 했다. 늦은 저녁 맥줏집에서 이
야기를 나눌 때였다.

"우리 수학여행 때 같은 조였지?"

내가 영미와 정아를 향해 말했다. 정아가 답했다.

"그래, 그땐 키 순서였잖아. 우리 다 꼬맹이들이었어."

영미가 그 말을 받았다.

"추연이는 그때 다 커버렸나 봐. 우리 단신들은 뒤에 앉은
너네들이 참 부러웠는데."

추연이가 대꾸했다.

"그때 경옥이랑 수업 시간에 딴짓 많이 했지."

까맣게 잊고 지낸 경옥의 얼굴이 순식간에 떠올랐다.

"아, 그러고 보니 경옥이도 정말 보고 싶다. 왜 반창회 안 나왔어?"

내 물음에 추연이 답했다.

"집이 예산이라서 오기가 쉽지 않은가 봐. 경옥이는 서른 아홉에 재혼했어."

정아가 반색을 했다.

"아, 정말? 나랑 운명이 엇갈렸네. 그나저나 경옥이 재주 좋다."

추연이 가방에서 휴대폰을 꺼냈다.

"경옥이도 얼른 합류시켜야지. 정아 시집보내려면."

그러고는 곧장 경옥에게 전화를 걸었다. 경옥이 전화를 받자 추연은 스피커 버튼을 눌렀다. 나와 정아, 영미는 마치 경쟁이라도 하듯 서둘러 인사를 건넸다. 경옥이 곧 영상 통화로 전환했다. 경옥의 둥글고 수더분한 얼굴이 화면에 떠오르자 우리는 꺄악 소리를 질렀다.

추연이 말했다.

"경옥이 너 아직도 신혼 재미에 빠져 사는 거야?"

"추연이 통해서 니들 만났다는 이야기는 들었어. 그새 저년이 천기를 누설한 모양이네. 나야 늘 신혼이지. 다들 잘살지? 너희들 예전 얼굴 다 보인다."

영미가 말했다.

"너무 남편이랑만 놀지 말고 우리 보러 서울에도 한 번씩 올라오고 그래."

다시 추연.

"그래, 정아한테 연애 노하우도 좀 알려주고."

"인생에 노하우가 어디 있어? 니들도 언제 예산에 한번 와."

짧은 통화를 끝내자 여운이 짙게 남았다.

우리 네 사람의 만남이 거듭되는 동안 까맣게 잊고 있던 여고 시절 친구들이 화제에 오르고는 했는데, 시작은 항상 오지랖 넓은 추연이었다.

"걔, 우리 담임이랑 결혼한 거 알지? 그 눈 똥그랗던 애."

고등학교 졸업한 지 얼마 안 되었을 때 추연이 동창회에서 들은 소식이라며 내게 말해주었던 기억이 났다. 오래전 일인데도 그 이름이 선명하게 떠올랐다.

"윤채령."

내 말에 영미와 정아의 눈이 동그래져서 동시에 소리쳤다.

"진짜?"

추연이 말했다.

"그래. 니들은 개랑 별로 안 친했지?"

영미가 인상을 약간 찌푸렸다.

"그 공주병? 친구 별로 없었잖아. 좀 재수 없었어."

정아가 여전히 놀란 표정으로 말했다.

"와, 진짜 대박이다. 어쩜 그 인간한테 시집을 갈 수 있어?"

담임의 얼굴이 떠올랐다. 담임한테 개인 상담을 받고 나면 투덜거리며 교실로 들어오던 아이들 모습도 떠올랐다. 테이블 위의 찌개처럼 속이 부글부글 끓기 시작했다.

"니들 손도 만졌지?"

추연의 말에 정아가 대꾸했다.

하마터면 엄마로 늙을 뻔했다

관
계

모든 사람이
나를 좋아하기를 바라는 건
탐욕이다.

진정 마음을 나눌
단 몇 사람만 있다면,
그것으로 충분하다.

"그래도 손이랑 팔만 주무르지 않았어? 학교에서 문제 터진 적은 없잖아."

영미가 말했다.

"담임 손이 겨드랑이까지 올라왔다고 한 애도 있었어."

"어머, 못살아, 못살아."

다 같이 진저리를 쳤다. 추연이 한숨을 내쉬며 말했다.

"그땐 우리를 다독여주나 보다 하면서 그러려니 했잖아. 지금 같았어 봐. 난리가 났을 거야."

정아가 고개를 절레절레 흔들었다.

"그러게. 근데 공주병이랑 담임, 정말 매치 안 된다."

영미가 바통을 이었다.

"담임은 그때도 노총각이었는데, 도대체 나이 차이가 얼마나 나는 거야? 잘살고 있나 궁금하네."

추연이 대꾸했다.

"지금쯤 환갑 됐을 거야. 하긴 요즘 육십은 할아버지도 아니지 뭐."

썸을 타고 있다는 소문이 무성했던 총각 처녀 선생님이 도

마에 올랐고, 예습 안 해 왔다고 수업 시간 내내 서 있게 했던 밥맛 영어 선생님을 불러냈고, 기숙사 사감 같고 히스테리가 심했던 노처녀 지리 선생님도 불려나왔다. 그들은 우리의 수다 속에서 펄펄 끓는 물에 데쳐지고 달궈진 기름에 지글지글 튀겨졌다. 그러다가 커트 단발에 보이시한 매력이 넘쳐서 총각 선생님만큼이나 인기가 많았던 수학 선생님에까지 이야기가 이르렀다.

"나, 수학 시간만 되면 가슴이 두근거렸잖아."

영미의 말에 내가 덧붙였다.

"그 쌤 땜에 나도 수학 좋아했는데, 고3 때 쌤이 우리 예체능반 안 맡아서 수포자로 돌아섰지."

반장이 빠질 수는 없었다. 그럭저럭 학구파였던 영미가 그나마 우리 중에서는 반장과 가장 가깝게 지냈다.

"반장 걔는 연락 안 돼?"

영미를 향한 내 물음에 정아도 궁금했던지 기억을 더듬었다.

"도시락 뚜껑 열면 밥 위에 항상 치즈 올라가 있었잖아. 걔 밥 볼 때마다 속이 울렁거렸어."

정아의 말이 영미에게로 향했다.

"너는 졸업 후에 반장이랑 연락 안 하고 살았어?"

영미가 대답했다.

"사실은 반장네 엄마랑 우리 엄마가 더 친했지. 난 너네들이랑 친했잖아."

반장하고 친하게 지낸 게 흠이 되는 것도 아닌데, 영미는 애써 반장을 밀어냈다.

역시 오지랖 추연이 우리의 궁금증을 해소해주었다.

"걘 미국에 산대. 교포랑 결혼했다나 봐."

"역시 반장은 다르네."

정아가 쓴웃음을 지으며 말했다.

그러고도 우리는 한동안 반장을 놓아주지 않았다.

"반장이랑 라이벌이었던 주람이 기억나? 걔는 방송작가 됐대."

"맞다. 예전에 TV에서 한 번씩 이름 보이더니 요즘은 통 안 보이더라."

"젊은 작가들이 워낙 치고 올라오니까 설 자리가 없나 보지."

"아, 맞다. 라이벌! 우리 반에 반장파랑 주람이파, 두 파가

하마터면 엄마로 늙을 뻔했다

있었잖아."

"니들도 알지? 애들이 반장 앞에서 조심했던 거. 걔 약간 담임 스파이였어."

"반장보다는 주람이 주변에 친구가 더 많았어."

"이거 왜들 이래? 추연이파도 만만치 않았어. 공부도 잘하고 옷 잘 입고."

"맞다. 공부 잘하는 날라리!"

모두 크게 웃음을 터뜨렸다.

옛이야기는 항상 즐겁다. 시간의 더께가 쌓여서 적당히 채색된 지난날은 항상 아름다워 보인다. 각자의 기억이 조금씩 어긋나도 상관없었다. 돌이킬 수 없는 시간 속을 여행하는 일은 자유로웠다. 게다가 느닷없이 불려나온 옛사람을 입에 올리는 맛도 꽤 괜찮았다. 없는 사람 이야기하는 것이 예의가 아닌 줄 알면서도 우리는 그들을 물고 뜯고 씹으며 인간의 나약한 본성을 즐겼다. 몇 시간을 떠들어도 질리지 않았다.

하지만 조금씩 그런 재미도 시들해졌다. 추억의 질량과 부피는 무한대가 아니다. 세 번 정도 만나고 엇비슷한 화제를 반복하는 사이 추억은 단물이 빠져나간 껌처럼 시시해졌다. 친구들과 실컷 떠들고 나서 집으로 돌아가는 길에 까닭을 알 수 없는 공허함이 차오르고는 했다.

네 번째 만났을 때도 우리는 불편한 이물감을 느끼면서도 단물 빠진 추억을 여전히 곱씹었다. 하지만 무의미한 일이었다. 여고 시절의 친구들을 만날 때만이라도 골치 아픈 일들은 저 멀리 팽개쳐두자고 생각했지만, 우리는 현실이라는 원점으로 돌아올 수밖에 없었다.

"너희들 애들은 어때? 공부는 잘해?"

영미의 그 말 한마디로 우리는 새로운 국면으로 접어들었다.

나는 우리 아이들이 스트레스 없이 스스로 공부하기를 바랐다. 때문에 학원에 많이 보내지 않고 집에서 학습지를 시켰다. 영어 학원도 화상 수업으로 집에서 받게 했다. 집에 있는 시간이 많은 만큼 우리 아이들은 다른 아이들보다 책을 많이 읽을 수 있어서 잘하고 있다고 자부했다.

그런데 곧 중학생이 될 큰아이가 슬슬 걱정되기 시작했다. 학교에서 돌아올 시간이 되었는데도 늦게 들어오는 날에는 신경이 곤두섰다. 그런 날에는 어김없이 PC방에 들렀다 왔기 때문이다. 그동안 내가 아이들 교육을 너무 이상적으로만 생각했던가 싶어 사정을 이야기하고 친구들에게 물었다. 추연이 답했다.

"주변에서 들어보니까, 특히 남자아이들은 가만히 놔두면 더 안 한대. 나중에 고생 안 하려면, 어떻게든 2년만이라도 엄마가 책상에 붙들어놓고 습관을 들여야 한다더라고. 하긴 뭐 딸이라고 크게 다르진 않더라. 우리 딸도 중학교 가면 공부하겠거니 하고 내버려두었는데 걱정이 태산이야. 이놈의 기집애, 멋만 부릴 줄 알고. 내년에 중3 올라가면 고등학교 갈 준비도 해야 하는데……"

내가 말했다.

"나도 우리 애가 이럴 줄은 몰랐어. 진짜 지금이라도 붙들고 시키면 나중에 지 혼자 잘할까? 영미야, 너네 아들은 어때? 큰딸도 공부 잘한다며?"

영미는 남편이 미국에 주재원으로 가게 되면서 회사를 그만두었다. 전업 주부의 길로 들어선 그때 그녀의 아이들은 초등 저학년이었다. 미국에서 4년을 보내고 들어와서는 일찌감치 강남에 입성했다. 아이들이 한국 교과 과정을 못 따라갈까 봐 노심초사하며 사교육에 열을 올렸다. 영미는 정말 껌딱지처럼 아이들을 따라다녔다고 한다. 그런 시간이 그녀를 입시 전문가로 만들어놓았다.

"희수야, 학년 더 올라가기 전에 무조건 학원에 보내. 우리나라 입시, 어차피 혼자는 못해. 우리 아들은 모난 데 없이 그냥 조용히 잘 따라와. 챙겨주는 거 싫어하지는 않아. 오히려 이러다가 나중에 저 혼자 아무것도 못하게 될까 봐 그게 걱정이지. 남자애들은 확실히 여자애들이랑은 달라. 덤벙대서 손이 많이 가거든."

"네 말 맞아. 남자애들은 해주면 해주는 대로 걱정이고, 그렇다고 마냥 놔둘 수도 없고."

내 말에 영미가 다시 말을 이었다.

"우리 딸도 중2병에 걸렸어. 무사히 잘 넘어갔음 했는데 올

하마터면 엄마로 늙을 뻔했다

해부터 부쩍 까칠해졌어. 나하고 말도 안 하려고 하고, 상전이 따로 없어. 나중에 자사고 들여보내고 나면 나도 신경 끌거야."

"이년이 염장을 지르네. 잘해도 걱정이야?"

추연이 장난스럽게 쏘아붙였지만 영미의 얼굴엔 걱정이 가득했다.

"근데 중2병이 뭐야?"

신종 유행어처럼 여기저기 떠도는 그 말의 뜻을 나도 대충 짐작은 했지만, 친구들에게 다시 물었다. 추연이 뜨악한 눈길로 나를 보며 말했다.

"그걸 몰라? 간첩들도 무서워한다는 중2병을?"

잠시 뜸을 들인 추연이 말을 이었다.

"요즘 그 또래 아이들, 반항이 너무 심해서 아무도 못 건드리잖아."

"큰일이네. 우리 큰애 보면 그 병 초기 증상인데. 아들 둘을 언제 키워."

나는 그렇게 말하고 정아에게 물었다.

"네 아들은 어땠어?"

당시 정아의 아들은 고등학생이었다. 우리 중에서 가장 먼저 결혼한 정아는 스물다섯에 아들을 낳았고, 그 아이가 중학교 2학년이던 해에 이혼했다. 정아는 중2병이 뭔지도 모르고 정신없이 지나갔다고 했다.

"학교 잘 다녀. 다른 집들은 중2 사춘기 신경 써줄 때 나는 애한테 이혼을 선물해주었으니……. 제 속도 곯았을 텐데 엄마 속 안 썩히고 잘 지나갔어. 애가 너무 일찍 어른이 되어버린 것 같아서 안쓰러워."

내가 기특하다며 말추렴을 했다. 정아가 말을 이었다.

"애들이 잘되려면 어느 정도는 결핍이 있어야 하지 않나 싶어. 엄마 아빠가 너무 잘나도 안 되는 것 같아."

추연이 끼어들었다.

"아, 우리 딸년은 내가 너무 잘나서 저 모양이구나."

"아이쿠, 미안."

추연 덕분에 우리는 웃음을 지을 수 있었다. 추연이 말했다.

"아무튼 얘들아, 너무 걱정하지 마. 다 자기 갈 길이 있겠지."

엄마라는 역할의 가장 지독한 점은
사랑하는 마음으로
악당이 되어야 한다는 것이다.

이 모순된 배역의 가장 주의할 일은
지금 잠시 악역을 맡고 있을 뿐임을
끊임없이 상기하고 확인시켜야 한다는 것.

감정에 휘말리는 순간,
진짜 악당이 되고 만다.
아이들에게도, 나에게도.

이때의 대화를 시작으로 한동안 우리의 관심사는 '자식들'에서 한 걸음도 나아가지 못했다. 거기서 벗어나기 위해 누군가 추억 속의 이야깃거리를 꺼내 입에 올려도 결국에는 중력에 이끌리듯 우리의 대화는 아이들 문제로 돌아갔다. 자식은 거대한 블랙홀이었다. 엄마로서의 삶이 숙명으로 느껴졌고, 아이들 잘 키우는 것이 인생의 가장 중요한 과제로 다가왔다.

그렇게 우리는 해를 넘겨 마흔셋이 되었다. 다들 나이를 한 살 더 먹고 아이들 학년이 올라가면서 우리의 삶에서 아이들이 차지하는 부피는 더욱 커졌다. 정체를 알 수 없는 불안이 계속 쌓였고, 늘 긴장 속에 살았다.

오랜만에 네 친구가 모이면 또 다시 아이들 이야기였다. 지겨울 때도 되었는데, 멈출 수가 없었다. 어쩌면 그 대화 속에서 이 불안감과 긴장감이 나만의 것은 아니라는 위안을 얻으려 했는지도 모른다. 엄마라면 누구나 다들 이렇게 살고 있으

하마터면 엄마로 늙을 뻔했다

니 나라고 별 수 있겠느냐는 체념 같은 것이기도 했다. 영영이 굴레에서 벗어날 수 없을지도 모른다는 서글픈 현실에 맞서기보다는 굴복하고 승복함으로써 마음만이라도 편해지자는 그런 종류의……

다들 약간은 침울해 있을 때 추연이 갑자기 테이블을 내려치며 말했다.

"아, 지겹다. 이런 이야기 그만 하고 싶어. 야, 안 되겠다. 우리, 떠나자! 애들한테서 벗어나서 우리끼리 1박 2일이라도 떠나자고!"

영미가 추연의 얼굴을 들여다보며 말했다.

"어디로?"

그때 내가 말했다.

"경옥이 보러 갈까?"

전에 화상 통화를 할 때 경옥이 예산에 한번 내려오라고 했던 말이 떠올랐다. 내 아이디어가 꽤 괜찮았던 듯 친구들 얼굴에 화색이 돌았다. 경옥을 만나면 다시금 소녀 때 감성이 되살아날 것만 같았다. 1박 2일이라는 마법 같은 시간 동안 엄마가 아닌 여자로 돌아가 여행을 즐기자는 추연의 제안은 신선한 긴장감을 주었다.

항상 행동이 앞서는 추연이 경옥에게 전화를 걸었다.

"우리, 예산 너네 집에 놀러 갈 거야!"

하지만 그 여행이 성사되기까지 몇 개월의 시간이 필요했다. 여행을 떠나자는 말이 나오기 무섭게 아이들 중간고사가 시작되었다. 중간고사가 끝나면 기말고사가 기다리고 있었고, 그게 끝나니 여름 방학이었다.

늦잠 자지 않게 깨워 밥 먹여서 학원에 보내고, 게임을 허락한 날에는 혹여 루틴이 깨질까 봐 감시해야 했다. 아이들보다 엄마들이 더 열정적인 방학을 보냈다. 엄마들에게 방학은 재앙이다. 아이들이 학교 다닐 때보다 노동 강도가 두 배 이상 커진다.

방학이 끝나고 손꼽아 기다리던 개학이었건만 아이들 뒤치다꺼리에서 벗어날 길은 요원했다. 끊임없이 같은 일이 반복되는 무한 루프였다. 발이 닿지 않는 늪에서 가라앉지 않기 위해 쉴 새 없이 팔다리를 휘저어야 했다.

하마터면 엄마로 늙을 뻔했다

우리의 첫 여행은 그렇게 잊히는 듯했다. 만약 경옥이 재촉하지 않았더라면 정말 그랬을 것이다. 그해 가을, 기다리다 못한 경옥이 단체 대화방에 독한 메시지를 남겼다.

'너네들 온다고 한 지가 언제야? 이러다 해 넘기겠네. 다 늙어빠져서 만나면 뭐해? 조금이라도 젊을 때 모여야지!'

누구에게나
가보지 않은 길이 있다

제주행 비행기가 항로에 들어서자 안전벨트를 해제해도 좋다는 사인에 불이 들어왔다. 통로를 사이에 두고 건너편에 앉은 세 친구가 나누는 이야기 소리가 들려왔다.

"우리 예산 여행 때 가을이었지? 날씨 정말 환상이었어."

"그러고 보니 겨울 여행도 했고, 이번에는 얼추 여름이네."

"나중에 봄 여행만 하면 사계절 도장 꽉꽉 채우는 거야."

추연이 곧바로 통로의 친구들을 쳐다보며 말했다.

"그때 경옥이 집에 갔던 게 10년 전이야. 세월 참 빠르다."

여행은 또 다른 여행의 추억을 불러왔다. 비행기가 날아가며 일으킨 굉음이 기차가 덜컹거리는 소리로 바뀌고 창밖 구름 위의 파란 하늘이 어느새 울긋불긋한 가을 풍경으로 바뀌었다.

고등학교를 졸업한 뒤로 친구들과는 처음으로 타본 기차였다. 그러고 보니 기차를 타본 기억이 까마득했다. 결혼하기 전 남편과 기차를 타고 춘천에 갔던 때가 마지막 기억이었다. 마음먹기만 하면 산이고 바다고 떠날 수 있었던 대학 시절의 추억이 아스라이 떠올랐다.

그때 우리는 테이블을 사이에 두고 마주 보는 좌석에 자리를 잡았다. 기차가 출발하자, 누가 아줌마들 아니랄까 봐 각자 준비해온 간식을 주섬주섬 꺼냈다.

"기차 타면 찐 계란은 필수야. 누가 사이다 좀 사와라."

"오늘은 웬수 같은 자식새끼들 이야기는 안 하는 걸로!"

"그래, 오늘과 내일은 우리만 신경 쓰자."

"와우, 나이스!"

단 24시간만이라도 아이들로부터 벗어나보자는 취지로 계획된 여행이었다. 하지만 누군가 통제하지 않으면 분명 아이들 이야기가 나올 게 뻔했다. 우선 나부터 중학교에 들어간 큰아이가 시험 기간 때 왜 만화책을 보는지 모르겠다고 하소연했을 것이다. 공부 습관을 빨리 잡아주어야 한다는 강박감에 친구들 조언대로 아이를 억지로 책상에 앉히고 공부를 시키기 시작했다. 그 과정에서 갈등이 만만치 않았다. 친구들에게 그에 대한 피드백을 듣고 싶은 생각이 굴뚝같았다.

남의 아이를 두고는 믿고 기다려주라고 얼마든지 말할 수 있다. 하지만 내 아이에게는 여유를 가질 수도, 관대할 수도 없다. 내 아이 앞에서 엄마라는 존재는 불공정하고 부조리할 수밖에 없다. 엄마의 굴레가 이토록 단단한 것일까?

그런 생각에 빠져 있는데 추연이 팔꿈치로 툭 쳤다. 그새 아이 생각을 한 걸 들킬세라 나는 얼른 표정을 고치고 그녀를 바라보았다. 추연은 의미심장한 표정을 짓다가 이내 웃음을 지었다.

"나 요즘 배우는 거 있어. 왜 이렇게 하고 싶은 게 많은지 몰라. 니들도 이제 자신한테 집중 좀 해보는 게 어때?"

내가 말했다.

"어휴, 오죽하시겠어. 너 지난번엔 그림 다시 배운다더니, 또 뭐?"

추연이 휴대폰을 만지작거리며 대답했다.

"동영상 보여줄게."

추연은 킥킥거리며 휴대폰을 열었고, 동영상을 제일 먼저 본 내가 소리쳤다.

"꺄악, 미친년! 못 말려, 못 말려!"

정아가 휴대폰을 빼앗아 들었다.

"어머머, 웬일이니? 이거 벨리 댄스야? 배꼽이 다 보여. 옷 완전 제대로 입었네. 이게 너야? 허리 잘 돌아간다."

추연이 말했다.

"나는 한참 멀었지. 여기 같이 하는 여자들이 선수야."

우리는 동영상을 보며 저마다 한마디씩 보탰다.

"몸매 예뻐지려고? 아주 발악을 하는구나?"

"와, 난 흉내도 못 내겠다. 역시 넌 난년이야."

"얜 진짜 학교 때도 그렇게 빨빨거리고 다니더니, 하나도

하마터면 엄마로 늙을 뻔했다

안 변했어."

"수학여행 장기 자랑 때 춤추고 나서 전교생이 너 다 알아봤잖아."

"맞아. 그 뒤로 다른 반 애들도 우리 교실로 추연이 구경 오고 그랬어."

한 차례 수다의 파도가 지나간 뒤 추연이 말했다.

"니들은 수학여행 때 술 안 마셨지? 우린 몰래 먹었다. 들켜서 학년 주임한테 뺏겼지만."

영미가 깜짝 놀라서 말했다.

"진짜? 만약 우리 딸이 수학여행 가서 술 마시면 아주 다리몽댕이를 그냥……."

여고 시절 추연의 행동이 일종의 무용담으로 다가왔다. 추연이 그럭저럭 어른으로서 잘살고 있기 때문에 청소년 시절의 일탈쯤 웃어넘길 수 있는 추억으로 받아들일 수 있는 것이다. 하지만 만약 내 아들이 또래들끼리 술을 마신다면 받아들이기 쉽지 않을 것 같았다. 타임머신을 타고 가서 아이의 미래가 무난하다는 사실을 확인하고 나면 그런 일탈쯤 웃어

넘길 수 있을까? "그때 말이야, 수학여행 때 너 술만 안 마셨어도 지금보다 훨씬 더 잘살 텐데……." 이러지 않을까?

어쨌든 아이의 미래를 미리 알기란 불가능한 일이고, 지긋지긋한 아이들 걱정에 사로잡힌다 한들 그들의 미래가 바뀌는 것은 아닐 것이다. 일단은 그렇게 생각을 고쳐먹고 친구들과의 대화에 집중하려고 했다.

"그래, 너네 조는 그랬을 수도 있어. 튀는 것들만 모였잖아."

정아의 말에 추연이 대답했다.

"아니야. 학습부장 유미도 우리 조였어. 학주한테 걸리고도 벌 안 받은 것도 걔 덕분이었지."

영미가 생각났다는 듯 눈을 크게 뜨며 말했다.

"아, 그 쉬는 시간에도 머리 숙이고 공부만 하던 애? 난 걔가 하도 그러고 있어서 얼굴이 기억이 안 나."

추연이 대꾸했다.

"그래도 걔 말이야, 내가 장기 자랑 연습할 때 그 섹시 춤을 몸치로 흉내 내는데 되게 귀여웠어."

"유미가 의외의 구석이 있었네."

정아가 그렇게 말하고 나서 추연에게 물었다.

"그런데 추연이 넌 뒷자리였는데 언제부터 희수랑 단짝이 었어? 너희 둘이 붙어 다닐 때 정말 뜻밖이었다니까."

하굣길 교문 밖으로 나와 걷던 그때를 떠올리며 내가 대답했다.

"추연이가 그림 배우겠다고, 나 다니는 미술 학원까지 따라왔어. 사실 나, 학기 초에 얘 별로 안 좋아했어. 날라리 같아서. 우리 학원 가려고 일찍 하교할 때 옆에 있던 남고 애들이 얘만 지나가면 창문에 매달려서 소리 지르고 뭐 던지고, 아우."

추연이 실눈을 뜨고 나를 보며 말했다.

"부러웠던 건 아니고? 너, 그래도 나랑 다니면서 안 외롭다 그랬다!"

"그럼 뭐해? 미술 학원 다니다 말고, 예체능반에도 같이 안 가고."

"해보니까 내 성격에 화실에서 그러고 썩을 수는 없겠더라고."

영문학을 전공한 추연은 우리 친구들 중에 유일한 유학파다. 그런데 남편과 떠난 유학길에 덜컥 아이가 생겨버렸다. 양가 모두 어느 정도 사는 터라 가난한 유학생 신세는 아니었다. 그러나 아이 문제는 달랐다. 공학을 전공하는 남편의 대학원 공부가 너무 힘들어서 추연과 얼굴을 마주할 여유조차 없었다. 결국 추연은 엄마로서의 삶을 먼저 시작하기 위해 유학을 포기하고 혼자서 귀국했다. 지금도 이야기한다. 친정 엄마가 없는 곳에서 아이를 낳았으면 정말 힘들었을 거라고. 추연 부부의 그 선택 덕분에 남편은 대기업 연구소의 개발자로 일하며 억대 연봉을 받고 있다.

정아가 추연에게 물었다.

"경옥이는 뭐래? 우리 데리러 온대?"

"응, 역에 나오기로 했어."

영미가 말했다.

"경옥이가 어떻게 변했을지 궁금하다. 그때 화상 통화할 때는 시골 아낙 다 됐던데."

내가 영미의 말을 받았다.

하마터면 엄마로 늙을 뻔했다

무언가를 잃어야만
될 수 있고 얻을 수 있는 것이 있고,

무언가를 찾아야만
될 수 있고 얻을 수 있는 것도 있다.

엄마가 되느라
하나씩 내려놓아야 했다.

이제
엄마 이후의 삶을 위해
무엇을 회복하고 찾을지 계획하라.

엄마 이후의 삶

"그러게. 경옥이는 누가 봐도 커리어 우먼 이미지였는데."

"난 학교 다닐 때 늘 경옥이가 큰언니 같았어."

정아의 말에 영미가 맞장구쳤다.

"맞아. 우리 얘기도 잘 들어주고."

한창 수다에 빠져 있는데 안내 방송이 나오고 오래지 않아 기차가 정차했다. 추연이 생각 없이 차창 밖으로 눈길을 던졌다가 소스라치게 놀라며 소리쳤다.

"우리 뭐 하니? 미쳤나 봐. 내려야 돼!"

"정말? 어떡해, 어떡해!"

예산역이었다. 기차가 출발한 뒤로 정차 역을 꼼꼼하게 챙긴다고 챙겼는데, 어느 때부터인가 수다에 빠져서 끈을 놓아 버렸다. 우리는 벌떡 일어나 내 것 네 것 가리지 않고 닥치는 대로 짐을 챙겨서 문을 향해 내달렸다. 통로를 뛰어가다가 들고 있던 짐으로 다른 승객을 치기도 했다. 우리가 내리기 무섭게 기차의 문이 닫혔다. 우리는 100미터 달리기를 한 마냥 가쁜 숨을 내쉬었다.

그 상황이 민망했는지 서로의 얼굴을 보며 까르르 웃음을 터뜨렸다. 중년 아줌마들의 웃음소리가 플랫폼을 채웠다.

"창피해 죽겠네."

"그러게 말이야. 이 아줌마들 정말 큰일 내겠네."

가을날의 공기는 신선하고 서늘했다. 그래도 몸을 감싸는 햇살이 포근해서 기분 좋았다. 겨울 야외 온천에서 뜨거운 물에 몸을 담근 채 찬 공기에 머리를 맡긴 그런 느낌이었다. 우리는 아담한 예산역을 지나 바깥으로 나섰다. 빨갛게 물든 가을 나무의 잎들이 시선을 끌어당겼다. 만추의 낭만이 절로 기대되는 그런 날이었다.

경옥이 우리를 먼저 알아보고 손을 흔들었다. 우리는 경옥에게 와르르 달려가 요란하게 인사를 하고 포옹을 했다. 개량 한복 차림의 그녀는 표정도 몸짓도 무척이나 푸근했다. 영미가 말했다.

"경옥아, 너 꼭 무슨 도인 같아. 멋져!"

경옥이 미소를 지었다.

"오느라 고생들 했어. 나도 니들 볼 생각에 며칠 전부터 잠 설쳤어. 얼른 밥 먹으러 가자. 우리 집에 들렀다가 수덕사도 둘러보고."

밥을 먹고 경옥의 집으로 향했다. 고즈넉한 국도를 따라 조금 가다가 한 전원주택이 가까워질 때 속도를 늦추었다. 집은 아담했지만, 마당이 꽤 넓었다. 커다란 감나무와 사과나무가 몇 그루 서 있었다. 우리가 도착하는 시각에 맞춰 기다리고 있던 경옥의 남편이 맞아주었다. 부부로 지낸 세월이 그리 길지 않은데도 두 사람은 오누이처럼 닮아 있었다. 인상이 수더분한 경옥의 남편은 여자들의 기에 눌려 연신 어색한 미소를 지은 채 고개를 주억거리다가 자리를 피했다.

경옥은 남편과 함께 반려 식물 특화 사업을 하며 유기농 팜을 운영하고 있었다. 뒷마당에 있는 텃밭에는 통통하게 살이 오른 배추와 무청이 줄을 지어 고개를 내밀고 있었다. 집 주변에 비닐하우스도 여러 채 있었는데, 얼핏 보기에도 여러 종류의 식물이 자라고 있었다.

"농사 잘 짓나 보다. 뭐가 많네."

내 말에 경옥이 대답했다.

"응, 독거노인이랑 우울증이 있는 사람들한테 반려 식물을 키우게 도와주고 있어. 우리가 씨를 내려서 주기도 하고, 종자를 직접 주기도 해."

"와, 좋은 일 한다."

영미의 말에 경옥이 대꾸했다.

"어르신들 방문해서 식물 관리하는 것 알려주고 대화도 해주면 되게 좋아서. 보람도 커. 남편이랑 이런 거 하는 낙으로 살아."

경옥은 친환경 농산물을 재배하고 관리하고 유통하는 일까지 배우고 있다며, 예전보다 더 바빠졌다고 했다. 햇볕에 약간 그을린 그녀의 얼굴이 건강하고 예뻐 보였다.

집 앞으로 가로수 길이 쭉 이어져 있었다.

"여기, 봄에 벚꽃 터널이야. 봄에 와도 정말 좋을 텐데. 나중에 봄에 또 와."

우리는 벚꽃 없는 벚꽃나무 길을 거닐며 사진을 찍다가 맞은편 공터로 건너갔다. 추연이 들풀을 꺾어 머리에 꽂고는 우

아한 포즈를 취하다가 갑자기 '머리에 꽃 꽂은 미친년' 행세를 해서 친구들을 웃겼다.

수덕사로 향했다. 경내에는 형형색색의 나무가 군데군데 자라고 있었다. 마치 조용히 가을빛에 물들며 우리를 기다린 것만 같았다. 노란색 은행나무 잎이 깔린 마당은 절정의 가을 풍경을 제대로 보여주었다. 마당이 가득 찰 정도로 잎을 떨어뜨리고도 은행나무는 여전히 풍성했다. 우리는 은행나무와 사랑에 빠진 것처럼 하나같이 나무를 안고 사진을 찍었다. 대웅전 앞에서 많은 사람이 불상을 향해 합장했다. 우리도 잠시 불상을 바라보며 가족의 안위를 빌었다.

수덕사를 나오는 길에 특산물을 파는 노점에 들른 아줌마 군단은 저마다 하나씩 필요한 것들을 가방에 쑤셔 넣고 근처 식당으로 저녁을 먹으러 갔다. 식사를 마친 뒤에는 경옥이 마련해둔 콘도형 호텔로 향했다.

호텔에 도착한 뒤 영미가 들떠서 소리쳤다.

"우와, 큰 호텔을 잡았네! 너무 과용한 거 아냐?"

경옥이 대꾸했다.

"왜 이러셔. 이 정도 능력은 있어."

정아도 지지 않았다.

"너무 신난다! 꼭 엠티 온 것 같아!"

추연이 초를 쳤다.

"그래, 맘껏 즐기자. 효도 관광 갈 날이 머지않았으니까."

그 말에 모두 웃음을 터뜨렸다. 남자 둘이 우리를 힐끗 보고 지나쳤다. 호텔 로비였다. 마흔을 넘어선 뒤로는 나날이 조심성이 없어졌다. 우리는 입을 가린 채 킥킥거렸다.

경옥이 체크인을 하는 동안 나머지는 술과 안주를 샀다. 그리고 방으로 향했다.

추연은 옷도 갈아입지 않고 소파 위에 벌러덩 누웠다. 영미와 정아는 수학여행 온 범생이 여고생처럼 파자마로 갈아입고 거실로 나왔다.

추연이 누운 채 팔을 머리 위로 뻗어 길게 기지개를 켜고 난 뒤에 말했다.

하마터면 엄마로 늙을 뻔했다

"아이들이 없는 집으로 들어왔네. 우리 세상이다. 벌써부터 집에 가기 싫다. 경옥아, 여기서 살까?"

경옥이 대답했다.

"내려와. 같이 살면 되지. 난 누가 서울 가서 살라 그러면 이제는 죽어도 못할 것 같아."

경옥이 마치 자기 집인 양 싱크대 상부 장을 열어 잔을 꺼내왔다. 우리는 거실 테이블에 간단한 술상을 차리고 맥주를 따랐다. 추연이 잠시 끊겼던 이야기를 이었다.

"내가 내려와서 살면, 네 남편이 참 좋다 하겠다. 마누라 친구가 오면 남자들은 심심해지잖아."

"더 재밌을 수도 있지. 가끔은 우리 둘만 있는 게 적막할 때도 있어."

영미가 물었다.

"남편은 어떻게 만난 거야? 경옥이 네가 제일 능력 있는 거 알지?"

"수덕사에서."

경옥은 그렇게 짧게 대답해놓고는 뭐가 재밌는지 혼자 웃었다. 추연이 말했다.

"뭐야? 그럼 오늘 우리가 경옥이 러브스토리 현장에 갔던 거야?"

차츰 웃음기가 잦아든 경옥이 낮은 음성으로 말했다.

"나 결혼한 지 얼마 안 되고 울 아버지 중풍으로 오른쪽 팔다리에 마비가 왔거든. 엄마는 바로 아버지 고향으로 내려가자 하셨어. 사업 접고 하시던 작은 전파사를 그만두는 게 아쉬웠던지 아버지는 싫다고 고집 피우셨는데, 몸이 말을 안 들으니까 결국엔 엄마 말을 따르셨어. 아버지 고향이 이곳 예산이야."

정아가 물었다.

"지금은 어떠셔?"

"여기 내려와서 많이 좋아지셨어. 두 분이 손 마주 잡고 많이 걸으시고."

경옥은 홍보 대행사에서 기업 홍보 컨설턴트로 일할 때 전 남편을 만났다. 결혼 적령기를 훨씬 넘긴 나이였다. 결혼하고 나서도 계속 직장에 다녔다. 결혼하기 전에는 몰랐는데, 남편

하마터면 엄마로 늙을 뻔했다

은 이상하리만치 트집을 잡는 성격이었다. 경옥도 고분고분한 성격이 아니어서 거의 매일 시비가 붙었다. 덜그럭거리는 마차에 올라탄 듯 결혼 생활은 늘 불안했다. 경옥은 단 하루도 행복감을 느껴본 적이 없다고 했다. 언제 바퀴 하나가 떨어져 나가 자신의 삶이 산산조각 날지도 모른다는 불안에 시달리며 살아야 했다. 그때 얻은 불안증세로 부정맥이라는 병도 얻었다. 그녀는 살기 위해 이혼을 했다. 그 뒤로도 몸과 마음의 안정을 찾을 새 없이 일에 매달렸다.

"어느 날 심하게 번아웃이 오더라고. 사람 만나는 게 너무 싫어지고, 호흡 곤란이 더 심해져서 먹는 약도 점점 독해지고……. 이러다간 죽겠다 싶더라. 결국 심방세동 부정맥 수술을 받았어. 내 맘이 그래서 그랬는지, 회복하면서도 여기 내려오기만 하면 버릇처럼 절에 들르고 그랬지."

드디어 경옥의 러브스토리 초입에 이르렀다. 모두들 숨을 죽이고 다음 이야기를 기다렸다.

"대웅전에서 좀 앉아 있다가 나오는데 신발이 안 보이는 거야. 그날 절에 행사가 있어서 좀 북적였거든. 당황해서 한참을 찾는데 이 사람이 말해주더라고. 반대편 나가는 문 쪽으로 보살님들이 옮겨놓았다고."

추연이 주책없이 끼어들었다.

"그래서 장소가 중요한 거야. 절이 아니고 무슨 식당 같은 데였어 봐. 분위기 하나도 안 살잖아."

나와 영미, 정아는 누가 먼저랄 것도 없이 추연을 째려보았다. 경옥의 말이 이어졌다.

"실제로 그랬어. 절에서부터 천천히 걸어 나왔다니까, 둘이서."

영미의 눈이 동그래졌다.

"웬일이니! 이상한 사람이라는 의심도 안 들었어?"

"물어보니까, 예산 사람이었어. 집이 멀지 않은 거야. 왠지 엄마 아빠하고도 알고 지낼 것 같은 친숙한 느낌이었어. 두 번째 우연히 만났을 때 사별했다는 걸 알게 됐어."

"그러고 나서 고속도로를 탔어? 둘 다 생긴 건 둔해 보이는데, 엄청 능동적이야. 드라마가 따로 없네."

추연의 말에 경옥이 보일 듯 말 듯 웃어 보였다.

경옥과 그녀의 남편은 결혼 생활의 아픈 기억이 있어서인지 결혼한 뒤에도 아이를 갖자는 이야기를 쉽게 꺼내지 못했다고 한다. 그 말을 듣고 추연이 혀를 찼다.

"그래도 하나만 낳지. 늙어서 자식 없으면 쓸쓸하잖아."

"후회는 좀 했어. 그렇게 머뭇대다가 나이가 많이 들어버렸고. 그냥 둘이서 산에 다니고 절에도 가고 편하게 여행도 하면서 살자고, 그 사람도 못 박더라고."

잠시 사이를 두고 경옥이 말했다.

"내 얘기만 너무 길었네."

그러고 나서 경옥이 영미에게 물었다.

"영미는 중매결혼이라며?"

"응, 선보고 연애 조금 더 하다가 결혼하려고 했는데, 친정에서 해방되려고 일찍 했어. 나, 회사 다닐 때도 통금 시간이 밤 10시였잖아. 아빠가 독립도 못하게 하고. 결혼밖에 방법이 없더라. 신혼 땐 정말 좋았어. 내 집이 따로 있다는 게."

영미는 고등학교 때 공부를 곧잘 했다. 지금으로 치면 엄친딸. 아담한 체구에 늘 청치마를 입었던 깔끔이 여고생이었다. 주로 반장을 비롯한 임원들과 교류하다가 경쟁심 강하고 콧대 높은 아이들이 신물 난다며 수학여행 이후로는 우리랑 친하게 지냈다. 추연이와 나는 공부 잘하면서도 티 안 내는 영미를 심성이 착하다고 칭찬하고는 했다. 명문 여대의 비서 학과를 졸업한 뒤 중견 기업 비서실에 다니다가 중매로 지금의 남편을 만났다.

"남편이 잘해줘?"

추연의 물음에 영미는 손사래를 쳤다.

"아이, 잘해주는 게 뭐야? 우리 나이가 다 그렇지. 많이 바빠져서 얼굴 보기도 힘들어."

돌싱녀 정아를 의식한 대답이었다. 그걸 눈치 챈 정아가 말했다.

"남편 임원 승진한 건 왜 말 안 해? 그래서 바빠지셨구나?"

추연이 그 순간을 놓치지 않고 끼어들었다.

"야, 너 뭐야? 남편은 잘나가고, 딸도 공부 잘하고. 한턱내야겠다, 너?"

"어휴, 하여튼! 그래, 날 잡아, 날."

딸의 분신 노릇까지 하며 지독하게 공부를 시켜왔던 영미였다. 그런데 언제부터인가 아이들 이야기가 나오면 표정이 좋지 않았다. 영미의 딸은 그녀의 그늘에서 완전히 벗어난 듯했다. 오히려 엄마가 분리불안을 느끼는 걸까? 남편이 임원으로 승진했다는 사실도 영미를 기쁘게 하지는 못한 것 같았다.

눈치 빠른 정아가 말했다.

"지금 남편 이야기하는 분위기라 이거지? 난 중학교 친구 결혼식 갔다가 신랑 친구들이랑 피로연 때 눈 맞아가지고. 아, 그때 거길 가지 말았어야 해."

정아가 맥주가 담긴 컵에 소주를 조금 따랐다. 정아는 자기 때문에 친구들이 남편 이야기를 의식적으로 꺼리는 걸 원치 않았다. 그래서 작정한 듯 과거로 돌아가 전남편에 대해서 이야기하기 시작했다.

"내가 콩깍지가 씐 거지. 그렇게 말을 재미있게 하더라고."

정아가 술잔을 기울인 뒤에 말을 이었다.

"남편이 집에 들어앉은 뒤로 나는 더 치열하게 일해야 했어. 처음엔 그저 부업 정도로 생각하고 시작한 일이었는데, 생계를 걸게 될 줄이야. 이혼할 마음은 우리 아들 초등학교 다닐 때부터 있었는데, 애도 어리고, 혹시나 정신을 차릴까 하고 기다린 세월이 7년이었어. 도저히 안 되겠더라고. 나한테 은근히 기대는 거 보고는 그나마 있던 정도 싹 달아났어."

정아는 그 시간을 부모의 이혼을 용인하기까지 아들에게 필요했던 시간으로 퉁쳤다고 한다. 비뚤게 나가지 않고 착실히 공부해준 아들 덕분에 더 열심히 일할 수 있었다고 했다. 그리고 마지막에 이렇게 덧붙였다.

"내 걱정 말고 남편 자랑 실컷 해, 니들. 나도 이제 남친 만들 거니까, 히히."

정아의 이야기를 들으며, 가난한 남편 만나서 그림을 포기한 거라고 은근히 원망했던 나 자신이 부끄러웠다. 어쩌면 내가 게으르고 의지가 약했던 게 근본적인 이유였는지도 모르는데 말이다. 내가 이나마 편하게 살 수 있는 게 다 남편 덕이라는 생각이 들었다. 그의 울타리가 새삼 고맙고 소중하게 느껴졌다. 정아의 술잔에 잔을 부딪치며 내가 말했다.

하마터면 엄마로 늙을 뻔했다

"정아야, 너 정말 장하고 대단하다. 내 친구, 이렇게 강인한 여자였구나."

"그런 상황에 처하면 니들도 비슷했을 걸? 위기가 닥치면 여자들이 더 독해지는 거 몰라?"

"나같이 직장 생활 안 해보고 그림만 그린 여자가 뭘 할 수나 있겠어?"

내 말이 떨어지자마자 추연이 말했다.

"웬 자학? 네 기자 남편 얘기나 해봐."

다른 사람에게 남편과의 연애사를 이야기해본 적이 별로 없었다. 이런 종류의 이야기가 나오면 다양한 레퍼토리를 줄줄이 풀어놓는 사람들도 있던데, 나는 그러지 못했다. 잠시 기억을 더듬다가 입을 열었다.

"선배가 소개팅 펑크 내서 대신 나간 자리였어. 기자 앞에선 왠지 주눅 들잖아. 근데 착하더라고. 두세 번 만나다가……."

"그러다가 지금까지 네 애인으로 남으셨고?"

추연이 끼어들었다. 나는 눈을 흘겼다.

"애인은 무슨. 사랑은 딱 3년이야."

추연이 문득 떠오른 듯 말했다.

"아, 너네 모르지? 희수네 시댁이 제주도야."

"어머, 좋겠다. 제주도 자주 가겠네?"

"그러게. 가족이 제주도 있으면 편하고 좋겠다."

예상된 반응이었다. 내가 대답했다.

"시댁이 제주도라 그러면 다들 그렇게 말해. 명절 때면 비행기 타고 가서 형님들 돕다가 일 끝나면 이 집 저 집으로 인사만 다녀. 아무리 좋은 휴양지면 뭘 해."

"아, 그렇겠구나. 형제가 많아?"

"8남매의 막내야. 제일 큰형이 시아버지뻘이셔."

"대단하네. 제주도가 그림의 떡인 거네."

"이 사람이 막내고 혼자 서울 사니까 크게 신경 쓸 것 없겠구나 했거든. 그런데 시댁 식구들이 서울만 올라오면 다 우리 집에 들르는 거야. 신혼 때 와서 열흘 있다 간 조카도 있어."

"좀 심하긴 했네. 온다 하는데 오지 말랄 수도 없고."

한마디씩 보태는 가운데 경옥이 말했다.

하마터면 엄마로 늙을 뻔했다

"제주도 분들이라 서울에 친척이 있으면 크게 의지가 되나 보지."

추연이 못마땅한 듯 눈살을 찌푸리며 말했다.

"경옥이 봐라. 누가 도인 아니랄까 봐. 시댁 식구 한 집에 한 명씩만 왔다 가도 벌써 몇이야? 난 못해. 난 못해!"

"좀 전에 니들도 그랬잖아. 식구가 제주도에 있으면 편하고 좋겠다며. 똑같은 거야."

경옥이 그렇게 말하고는 나와 눈을 맞추었다.

"아무튼 애 썼네, 우리 희수."

"이 결혼, 후회 안 했다면 완전 거짓말이라니까. 아, 잘못 골랐어. 잘못 골랐어!"

내가 과장되게 불평을 늘어놓자, 그 모습이 가소로웠는지 친구들이 웃었다.

마음에도 없는 소리를 한 것은 아니었다. 조금 전 남편의 울타리를 고마워했던 내 마음은 잠시 접어두었다. 어쨌든 지금은 남편을 씹는 분위기니까.

"내 친구가 궁합을 보러 갔는데 점쟁이가 그러더래. 더 좋은 거 고르다 보면 더 된 거 만난다고."

추연의 말에 모두들 깔깔거리며 웃었다.

이번엔 정아가 추연에게 말했다.

"추연이는? 남자 많았지?"

"나는 캠퍼스 커플. 내가 인물이 좀 되잖아. 선배들이 가만히 안 뒀지."

"얘 또 시작이다. 난 평생 들은 이야기야."

내가 타박을 놓고 과일을 가지러 가기 위해 일어섰다. 추연은 상관하지 않고 계속 떠벌렸다.

"우리 남편이 연합 동아리 선배였어. 근데 거기 '관광버스'가 하나 있었는데……."

아무도 반응이 없자 추연이 설명했다.

"아, 너네 관광버스 모르는구나. 웬만한 남자애들이 다 탔다고, 그 여자애를."

"어머, 뭐야? 다 잤다고? 진짜?"

"응, 남자애들이 개랑 잤다고 지들끼리 서로 자랑하다가 알게 됐대. 프리해도 너무 프리하게 노는 애란 걸. 그런데 개 하는 말이 가관이야. 딱 한 남자가 유일하게 안 넘어왔다나. 우리 남편."

"오, 청정 지역."

"지조 있었네."

"그 사실을 알고는 확 매력적으로 보이는 거야. 남들 다 가는 길을 가지 않은 자. 물들기 전에 내가 적극적으로 꼬셨지. 그런데 아무리 봐도, 전역하고 복학한 지 얼마 안 됐을 때 나 때문에 동아리방에 다시 나타났던 것 같단 말이야."

"아이고, 그럼 뭐하냐? 너 공부 계속 못하게 한 장본인인데. 네 남편, 미워."

나는 추연을 대신해서 그녀의 남편에게 각을 세우고는 했다. 추연은 자신의 내면에 꽁꽁 숨겨놓은 마음을 내가 대신할 때마다 알 듯 모를 듯한 웃음을 지었다. 하루 종일 명랑하던 추연이 다시 그 뜻 모를 미소를 짓자, 나는 입방정을 떤 것이 미안해졌다. 유학길에서 자신의 뜻을 접어야만 했던 추연 자신이 누구보다도 아쉬웠을 텐데 말이다.

추연이 말했다.

"우리 딸 어린이집에 보내게 됐을 때 전공 살릴 일거리가 없을까 찾아봤어. 그런데 쉽지 않더라. 언어학 전공이 취업이랑 잘 연결 안 되는 거야 알고는 있었지만. 더군다나 엄마로서 커리어를 쌓는 건 너무 힘든 일이야. 난 외교 쪽 일을 해보고 싶었어. 꿈이 컸지."

추연은 우리의 빈 잔에 술을 따른 뒤 장난꾸러기 웃음을 지으며 말했다.

"아, 정말! 내 성격이랑 인물 이거, 너무 아깝지 않아?"

영미가 추연의 말을 받았다.

"그러게. 우리 말이야, 남편들 안 만났으면 어떻게 살고 있을까?"

부부는 피 한 방울 섞이지 않은 남이라 그런 걸까? 우리는 남편을 사랑하면서도 미워하고, 의지하면서도 못 미더워하고, 신뢰하면서도 의심한다. 방치해둔 놀이터와 비슷하다. 없으면 무료하지만, 있다 해도 큰 재미는 없는 존재. 게다가 중년 여성들은 대체로 남편이 아닌 자식에게 촉을 세우고 살지 않는가. 아내보다는 엄마라는 위치가 더 엄숙하게 다가오

하마터면 엄마로 늙을 뻔했다

여
정

어느 지점에 이르면
내가 지나온 길을 뒤돌아보게 된다.

수많은 갈래 앞에서
항상 옳은 선택을 한 것이 아니기에,
또는 내 의지와 상관없이
어쩔 수 없이 그런 선택을 해야 했기에
이 여정에 처음 발을 내딛으며 정했던
목적지에서 멀어져버린
나를 발견하게 된다.

그때 그랬어야 했어….
그건 하지 말아야 했는데….
왜 진즉 그걸 몰랐을까….

내가 지나온 길의 곳곳에
후회라는 이정표가 서 있다.

하지만 어느 지점에 이르면
깨닫게 된다.

목적지에 당도하지 못했지만,
인생이라는 여행 그 자체가
가장 의미 있는 목적이었음을.

닥쳐오는 갖가지 변수 앞에서도
나는 아직 무너지지 않았음을.

그리고 이 여행이 아직 끝나지 않았음을.

기 때문이다.

예산에서의 그날 밤, 우리는 엄마가 되기 전 한 여자였을 때의 모습으로 돌아가고자 했다. 엄마라는 단단한 외피를 벗어던진다는 건 불가능한 일이지만, 친구들끼리의 첫 여행인 만큼 우리는 가급적 가족의 삶에 인생을 걸기 전의 모습으로 서로를 만나려고 했다.

누구에게나 가보지 않은 길이 있다. 지금의 내가 아닌 다른 사람으로 살아가는 모습을 상상한다는 건 짜릿하면서도 서글픈 일이다. 남편을 만나지 않았더라면, 결혼하지 않았더라면, 아이를 낳지 않았더라면 나는 어떤 사람이 되어 있을까? 잠시 친구들을 떠나 거실 창을 통해 어두운 가을밤을 내다보았다. 유리에 비친 내가 보였다. 내가 가보지 않은 길 저 너머에 한 사람이 서 있고, 우리는 서로를 바라보고 있다. 화가로서 성공한 내가, 사회적으로 인정받는 내가 나에게 묻는다. 아내로서, 엄마로서의 삶은 어땠느냐고? 난 쉽게 답하지 못했다. 풀기 어려운 수학 문제를 앞에 둔 것처럼 생각이 멈추어버렸다. 내가 택한 지금의 이 길을 조금 더 가보아야 답할 수 있을 것 같았다.

자정을 한참 넘기고도 우리는 쉽사리 잠들지 못했다. 서로의 인생에 한 발짝씩 더 다가선 느낌이었다. 언젠가 아름다운 한때로 기억될 예산의 가을밤이 점점 깊어가고 있었다.

하마터면 엄마로 늙을 뻔했다

여행하기
딱 좋을 나이

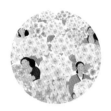

곧 비행기가 착륙한다는 기내 방송이 흘러나왔다. 창밖으로 보이는 제주도의 풍광이 비에 젖어 있었다. 비행기 창에 부딪치는 보슬비를 보며 영미가 미간을 찌푸렸다.

"비가 많이 안 와야 할 텐데."

정아가 말했다.

"제주도는 오늘 종일 온댔어. 어쩔 수 없지. 어떻게 잡은 날인데."

내가 말했다.

"나름대로 운치 있을 것 같아."

제주도 여행 날짜가 다가오면서 매일 일기예보 확인하는 게 일이었다. 기대와 달리 장마 전선이 제주도를 시작으로 한반도에 상륙한다고 했다. 여행을 미루어야 하나 어쩌나 주고받다가 비행기만 뜨면 무조건 떠나는 것으로 뜻을 모았다. 엄마와 아내 노릇에서 벗어나 떠나는 휴가를 날씨 때문에 포기할 수는 없었다. 게다가 이번에 포기하면 언제 함께 떠날 수 있을지 기약할 수 없었다.

비 걱정을 하던 영미가 표정을 고치며 말했다.

"추운 계절도 아닌데 뭐. 우리, 비오는 바다에 빠져볼까? 재밌겠다."

제주 앞바다가 뿌옇게 보였다. 거센 파도가 해안가 바위를 마구 때리고 있었다. 하얀 포말이 밀려왔다가 와르르 흩어지는 모습이 바로 눈앞에 펼쳐지는 것만 같았다. 문득 떠오르는 장면이 하나 있었다.

"신혼 때 비오는 제주 갯바위에서 바다낚시 해본 적 있어. 그때 큰애 임신한 지 몇 주 됐을 때야."

내 말에 추연이 대꾸했다.

"그랬어? 아직 사랑하고 있을 때였겠군."

추연의 말소리가 옅어지며 나는 추억에 젖어들었다. 우비를 입은 남편이 허탕 친 빈 낚싯대를 감아올리며 박장대소하던 장면이 떠올랐다. 그 모습을 찍은 스냅사진도 있다. 머릿속에서 그 사진을 꺼내자, 그때의 웃음소리가 생생하게 귓가에 맴돌았다. 엄마가 된다는 게 무얼 뜻하는지도 모른 채 근심 걱정 없이 지내던 때였다.

"정말 잊고 있었는데……."

나도 모르게 중얼거리다가 흠칫 놀랐다. 아니나 다를까, 추연이 실눈을 뜨고 나를 쳐다보고 있었다. 그녀가 혀를 끌끌차며 말했다.

"이년아, 지금도 사랑하면서 뭐? 사랑이 3년?"

나는 머쓱해져서 웃어 보였다.

비행기는 탑승 레일을 통해 곧바로 공항 통로로 연결되었다. 제주도에서 편안히 지내라는 안내 방송을 들으며 모두들 기지개를 켰다. 드디어 제주도에 도착했다. 나도 모르게 살짝 소름이 돋았다.

공항 로비를 빠져나오자 습기를 머금은 후텁지근한 공기가 훅 밀려왔다. 우산을 꺼낼까 말까 망설여지는 딱 그런 날씨였다.

"꼭 어디 열대 지역으로 온 것 같네."

추연이 렌터카 업체로 향하는 셔틀버스 정류장을 가리켰다.

"얘들아, 저긴가 보다."

셔틀버스가 막 출발할 기세였다. 우리는 캐리어가 바닥에 긁히는 것도 신경 쓰지 않고 달렸다.

렌터카 업체가 있는 곳까지는 15분 정도가 걸렸다. 갑자기 빗방울이 굵어졌다. 우리는 셔틀버스에서 내리자마자 사무실로 직행했다.

사무실 직원과 이야기를 주고받은 추연이 말했다.

"운전자 등록, 두 명이래. 누가 할래?"

"제주 아낙 정아랑 진짜 제주 아낙 희수가 해."

영미가 우리에게 떠밀었고, 나도 정아도 동의했다. 업체 직원은 다섯 명이 타기 딱 좋은 SUV를 추천했다. 자동차는 꽤 쓸 만해 보였다.

트렁크에 짐을 싣고 나서 추연과 경옥, 영미가 자연스럽게 뒷좌석에 올라탔다. 정아가 먼저 운전석에 앉고 나는 보조석에 앉았다. 타운하우스를 분양받은 뒤로 정아는 제주도에 몇 번 와봤다고 했다. 그녀는 룸미러로 뒷좌석에 앉은 친구들을 보며 말했다.

"한 군데 둘러보고 점심 먹어야지. 카멜리아 힐로 출발!"

나머지 친구들도 이구동성으로 소리쳤다.

"출발!"

제주 시내를 벗어나자 꾸불꾸불 국도가 이어졌다. 다행히 빗줄기는 더 굵어지지 않았다. 서울에서는 비가 추적추적 오기만 해도 한 발자국도 나가기 싫었는데, 여기에서라면 퍼붓는 비를 맞아도 상관없을 것 같았다. 창밖 풍경이 더 없이 촉촉하고 포근했다.

내가 도어슬라이드 버튼을 눌렀다. 바깥쪽의 유리창은 그

대로인 채 내부 천장만 드르륵 열렸다. 토도독 토도독, 요란
하지 않게 비가 천장 유리창을 때렸다.

"와, 이거 분위기 있네!"

뒷좌석의 친구들이 일제히 엄지를 치켜세웠다.

추연이 앞좌석의 등받이를 툭툭 치며 말했다.

"얘들아, 아까 비행기에서 희수 있잖아, 아주 못 봐주겠더
라. 사랑하는 남편 생각하느라 눈에서 꿀이 한 병 쏟아지는
거 있지?"

내가 부인할 새도 없이 정아가 한바탕 웃고는 말했다. 그 바
람에 차가 약간 흔들렸다.

"희수, 그새 다시 사랑꾼 됐구나? 하긴 니들이 남편을 사랑
해야지, 누굴 사랑해?"

"아우, 시끄러. 나도 그런 때가 있었다 그 얘기야."

혼자 당할 수만은 없었다. 나는 과녁을 영미에게로 돌렸다.

"영미 너야말로 사랑하는 남편이랑 어떻게 헤어지고 왔어?"

"우리? 헤어지기 전에 어제 한판 하고 왔지."

다들 간드러지게 웃었다. 질투의 화신 추연이 영미를 흘겨

하마터면 엄마로 늙을 뻔했다

보며 한마디 던졌다.

"쉰 넘어서 열정이 지나치면 몸에 안 좋아."

"음, 노노. 영혼 없는 한판."

영미가 고쳐 말하자 나도 거들었다.

"아, 영혼이 없더라도 나도 한판 했어야 하는 건데."

경옥이 철없는 동생들을 타이르듯 말했다.

"어허, 이런 이야기는 술 먹으면서 해야지."

정아가 화제를 돌렸다.

"나중에 서울에 있는 집 팔고 제주에서 임대 사업이나 해볼까? 에어비앤비에도 올리고. 희수야, 넌 제주도에 대해서 잘 알 거 아냐. 어떨 것 같아?"

"괜찮을 것 같아. 나도 제주도에 한 달 살이 빌려주는 집을 하나 사서 평소에는 빌려주고, 내가 쓰고 싶을 때는 내려와서 쓰고 그러고 싶어. 이젠 시댁 내려와도 마땅히 잘 데가 없거든."

경옥이 물었다.

"넌 여기가 시댁이라서 오는 거 싫어했잖아."

"이젠 나이 들어서 그런 것도 없어. 신혼 때야 둘이서 있고 싶어 그런 거지."

경옥이 다시 물었다.

"네 남편이 노년에 제주 와서 살자 안 해?"

"하지. 강요는 못하고 은근슬쩍. 나도 어떨 땐 나이가 들면 북적거리는 시댁 식구들 옆이 재밌을 수도 있지 않을까 생각하기도 해. 막상 그러려니 친구들 못 만나서 더 외로울 수도 있을 것 같고."

투둑 투두두둑. 제법 굵은 빗방울이 천장을 때렸다. 정아가 전방을 주시하며 말했다.

"그냥 집 하나 사놓고 여행으로 다녀. 늙어가면서 친구들 만나고 살아야지, 무슨 시집 식구야."

잠시 침묵이 이어졌다. 조용히 빗소리만 울렸다. 뒷좌석 가운데에 앉은 경옥은 빗소리를 음미하는 듯 눈을 감고 있었고, 추연과 영미는 차창 밖에 시선을 두었다.

그대로 시간이 흐르고 내비게이션 시계가 도착 5분 전을 가리켰다. 마침 비가 다시 잦아들고 있었다. 내가 말했다.

"사진은 무난하게 찍겠는걸."

추연이 말했다.

"그러게. 푸짐한 수국에 한번 빠져들어보자고."

카멜리아 힐의 주차장은 한산했다. 정아가 능숙하게 차를 후진해 세웠다. 딸깍, 시동이 꺼지자 모두 기지개를 켰다. 추연이 백을 뒤적이더니 인터넷에서 구한 할인 예약권을 꺼냈다. 각자 우산을 펼쳐 들고 차에서 내렸다. 잠시 뒤 추연이 입장권을 구해서 돌아왔다.

입구로 들어서니, 작은 오솔길을 사이에 두고 양쪽에 아기자기한 정원이 펼쳐졌다. 군데군데 소복하게 수국들이 피어 있었다. 우리는 우산을 쓰고 줄줄이 걸었다. 이내 길이 더 좁아졌다. 제일 앞에서 걷던 영미가 우리 쪽으로 고개를 돌리고 물었다.

"설마 이게 다야? 사진 보면 엄청 많던데. 더 들어가야 나오려나."

제주도 여행의 첫인상을 망칠까 봐 나는 조바심이 났다. 다들 그런 마음인지 입을 다물고 있었다. 우리는 좀 더 걸었다. 다행히 오래지 않아 우리 키를 훌쩍 넘는 수국이 양쪽에 담을 이루고 있었다.

"어머머, 참 탐스럽다. 정말 예뻐."

영미가 소녀처럼 말했다. 추연이 받았다.

"와, 한 송이가 내 머리만 해."

연하늘색 구름처럼 몽글몽글 뭉쳐 있는 꽃잎들이 달콤한 솜사탕 같았다. 보라색과 푸른색, 연두색의 작은 꽃잎들이 서로 얼굴을 비비고 있었다. 그 작은 것들이 모여 한 더미의 수국으로 빛났다.

소녀 감성에 사로잡힌 영미가 감탄을 연발했다.

"결혼식 때 들고 들어간 부케 같아."

그 소리를 들은 정아가 두 손으로 확성기 모양을 만들어 소리쳤다.

"얘들아, 우리 영미 시집가고 싶대!"

추연이 정아의 손짓을 그대로 따라 하며 소리쳤다.

"헛소리 집어치우고 사진이나 찍자 그래!"

빗길 위로 우리의 청아한 웃음소리가 퍼져나갔다.

근처에서 사진을 찍고 있던 여자 세 명이 우리를 빤히 쳐다봤다. 20대 중반 정도로 보였다. 아직 결혼이라는 현실을 제대로 맛보지 않은 그들의 눈에 쉰을 넘긴 중년 여성들이 낄낄거리는 모습이 어떻게 비쳐졌을까? 우리보다 열대여섯 정도는 많아 보이는 무리도 있었다. 그녀들은 우리가 그랬던 것처럼 뭐가 그리 좋은지 연신 깔깔거렸다.

돌이켜보면 20대 때의 나는 웃음에 인색했다. 길에서, 전철이나 버스에서 주변은 아랑곳없이 큰 소리로 웃고 떠드는 쉰 언저리의 여성들이 주책없어 보였다. 느슨하고 풀어 헤쳐진 듯한 그녀들의 몸가짐이 조심성 없어 보이기도 했다. 그런데 이제 내가 그 나이가 되었고, 친구들의 별것 아닌 말에도 웃음이 터진다. 세상살이는 20대 때보다 더 각박해져서 살림에 시달리고 아이들 챙기느라 몸과 마음이 녹초가 되었는데도 그날 우리는 웃음이 헤펐다. 어쩌면 그것은 웃을 수 있을 때 실컷 웃어두자는 절박함인지도 몰랐다. 가끔씩 찾아오는 이

보석 같은 시간을 최대한 즐기자는 그런 마음 때문인지도. 우리보다 더 나이 들어 보이는 여자들이 웃고 떠드는 소리를 들으며, 열대여섯 정도 더 나이를 먹고 나면 웃음의 종류도 달라지지 않을까 하는 생각을 했다.

추연이 뒤에서 줄지어 오는 관광객들에게 고개를 조아리며 양해를 구하고 사진을 찍기 시작했다. 우리는 둘씩, 셋씩 사진을 찍었다. 그러다가 모두 모여 셀프로 사진을 찍기도 했다. 팔이 가장 긴 추연이 맨 앞에서 휴대폰 버튼을 연신 눌러댔다. 이어서 추연은 혼자 온갖 표정과 제스처로 셀카를 찍었다. 인스타그램에 올린다나.

빗방울이 맺혀 있는 수국에 정신이 빠져서 점심때가 다가온 것도 잊었다. 어느 정도 사진을 찍고 슬슬 지겨워질 즈음 빗방울이 갑자기 굵어졌다. 그러더니 이내 장대비가 퍼붓기 시작했다. 우리는 우산을 쓴 채로 뛰었다. 주차장까지 나오는 그 짧은 시간에 아랫도리가 반은 젖어버렸다. 차 안으로 피신해서 머리와 몸의 물기를 털어내는 동안 경옥이 말했다.

"제주도에는 유채꽃만 있는 줄 알았어."

하마터면 엄마로 늙을 뻔했다

"여기 봄에 오면 동백꽃이랑 튤립 많이 볼 수 있대."

"나이 드니까 꽃이 좋아."

"집에 꽃 한번 못 놓고 살다가 늙었네. 맘의 여유도 없이."

"이제부터라도 사다가 좀 꽂아봐. 식물이 위안이 될 때가 있어."

경옥으로부터 시작된 대화가 경옥에게 되돌아가 일단락되었다.

우리는 한동안 차 안에서 빗소리를 들으며 휴식을 취했다. 빗발이 잦아들 즈음 내가 말했다.

"아까 젊은 여자들이랑 나이 드신 분들 보니까, 우리가 딱 중간이더라. 마치 우리의 과거랑 미래 같았어."

추연이 내 말을 받았다.

"나도 봤어. 이런 생각 들더라. 어쩌면 우리가 가장 좋을 때 여행을 하고 있다는……. 조심할 것도 별로 없고, 눈치 볼 것도 없잖아."

운전석의 정아가 친구들을 돌아보며 말했다.

"그래, 우리 더 나이 먹어도 계속 이렇게 같이 여행하자."

홍대 거리에서의 반창회 이후로 10년 동안 우리끼리 여행

휴식

기쁘고 편안한 시간은
항상 너무 짧아서
다음에 찾아올 고개를 넘을
힘을 비축하기에는 턱없이 부족하다.

살아간다는 건
개울을 건너는 것과 비슷해서
적절한 간격에 나를 위한 시간이라는
징검다리를 놓아야 한다.

을 한 것이 세 번째였다. 그 10년이 우리의 삶에서 가장 치열한 한때였다. 이제 아이들도 제 앞가림 정도는 할 나이가 되었으니, 우리의 여행도 한결 여유로울 것이다. 그런데도 정아의 그 말에 선뜻 호기롭게 그러자고 대답하지 못했다. 한 고비를 넘어서면 또 다시 한 고비가 찾아올 것만 같은 막연한 불안이 마음 한구석에 도사리고 있었다.

우리는 토속 음식점으로 향했다. 비가 오고 점심때를 살짝 넘긴 시각이라 그런지 식당은 한산했다.

영미가 입구에 있는 대형 거울에 얼굴을 갖다 대며 말했다.

"생쥐 꼴이야. 아휴, 비비크림 위로 기미 올라오는 것 좀 봐."

정아가 방으로 들어가자며 신발을 벗었다. 다들 벽에 기대앉아 다리를 쭉 뻗었다. 경옥이 축 처져 있는 우리에게 큰언니처럼 넉넉한 미소를 지으면서 말했다.

"난 지금 너네들 얼굴이 아름다워 보여. 그게 아줌마들의 훈장이잖아."

조금 전 영미가 투덜거리며 한 말을 들은 모양이었다. 추연이 말했다.

"그런 훈장은 사양하고 싶네요. 경옥이 너는 피부 깨끗하다."

"그럼 뭐해. 눈꺼풀이 중력을 이기지 못하고 있는데."

경옥의 말을 내가 받았다.

"내 몸에 중력의 법칙 또 있어."

"뭔데?"

"젖꼭지."

"아, 못살아, 정말!"

웃음소리가 잦아들자 정아가 한숨을 내쉰 뒤에 말했다.

"머리에 새치 처음 한 개 났을 때 정말 놀랐어. 번질까 봐 막 열심히 뽑고."

영미가 말했다.

"그러게. 이렇게 빨리 백발이 될 줄이야."

추연이 빠질 리 없었다.

"염색을 안 하고 살기엔 애매한 나이고. 귀찮아 죽겠어."

내가 받았다.

하마터면 엄마로 늙을 뻔했다

"계속 힘내, 애들아. 이거 손 놓는 순간 할머니 대열로 들어가는 거야."

밥을 먹은 뒤에 벽에 기대다 못해 거의 누운 자세로 휴대폰을 들여다보던 영미가 말했다.

"희수야, 추연아, 비행기에서 우리 셋, 예산 여행 갔을 때 사진 한참 들여다봤어. 그때 사진 보니까 눈도 안 처지고 너무 젊더라. 이것 좀 봐."

모두 영미의 휴대폰으로 모여들었다. 낮게 탄성이 터져 나왔다. 예산에 여행 갈 때만 해도 꽤 나이가 들었다고 생각했는데, 영미의 말대로 사진 속의 우리는 지금에 비해 무척 앳돼 보였다. 앞으로 10년 후에도 지금의 이 여행을 추억하며 그때는 뭐든지 할 수 있는 나이였다고 돌아보겠지. 내가 그런 생각에 빠져 있을 때 경옥이 말했다.

"우리, 공주 갔을 때도 좋았어. 겨울이었는데도 참 따뜻한 기억으로 남아 있어."

"그래, 나도 그랬어. 그 무렵에 우리 다들 너무 지쳐 있었잖아."

정아가 이번에는 자기 휴대폰을 내밀었다. 공주 여행 때 찍

은 사진이었다. 갑자기 코끝이 시큰했다. 경옥도 휴대폰을 뒤
져 그때의 사진을 내밀었다.

내가 벽에 몸을 기대면서 나지막하게 중얼거렸다.

"공주 여행이 왜 따뜻한 기억으로 남아 있는지 생각났어.
온돌방."

하마터면 엄마로 늙을 뻔했다

얼굴

얼굴에 새겨진 시간의 흔적을
애써 지우려 하지 말라.

지나온 여정을
당당히 드러낼 줄 아는 사람만이
다가올 내일을 향해 미소 지을 수 있다.

아름다운 것이 항상 좋을 수는 없지만,
좋은 것은 항상 아름답다.

젊고 예쁜 얼굴은 시선을 사로잡지만,
상냥함이 담긴 좋은 얼굴은
영혼을 매료시킨다.

두 번 살라면
절대로 못할 시간

예산에 다녀온 뒤 모처럼 한동안은 넉넉한 마음으로 지 냈다. 바닥까지 드러냈던 감정 그릇이 적어도 절반 이상은 채 워진 것 같았다. 하지만 오래가지 못했다.

마흔넷이 된 이듬해에 큰아이는 우려했던 대로, 남들 다 하는 중2병 이제 나도 제대로 해봐야겠다고 작정이라도 한 양 보란 듯이 삐딱선을 타기 시작했다. 시험 기간에 공부를 시키려 하면 결국에는 큰 소리가 났다. 중학교 입학하고 1년 동안은 책상에 앉혀 공부를 시키면 뿌리치지는 않았다. 미꾸

라지처럼 빠져나갈 궁리를 하다가도 엄마가 자기를 완전히 포기해버리는 상황은 두려웠던지 시험 때마다 내 눈치를 살피고는 했다. 자신이 부모의 기대를 저버리고 있다는 것쯤은 알고 있었던 것이다.

그것이 내게는 희망 고문이었다. 큰애가 마음잡고 공부할 방법을 매일같이 찾았다. 교과목과 연계한 인문학 수업을 병행하고, 공부 동기부여 수업도 따로 시켰다. 때때로 다 놓아버리고 싶은 마음이 치솟았지만, 아이들의 기억 속에 자신의 미래를 돌봐주지 않은 엄마로 남는 게 싫었다.

물가에 소를 끌고 가도 소가 물을 먹지 않으면 아무런 소용이 없다. 결국 큰애는 나의 바람대로 되지 않았다. 아이는 2학년 2학기 시험을 확실하게 망쳤다. 시험 문제를 푸는 데 1분도 안 걸렸다고 한다. 내 아이가 답안지에 한 번호를 찍어서 내다니! 공부와 시험에 대한 기본적인 예의조차 놓아버린 아이를 보고 나는 깊은 절망에 빠졌다.

그 즈음 친구들 누구도 모이자고 하지 않았다. 단체 대화방에서도 짧은 안부만 물을 뿐이었다. 영미는 친정 엄마의 폐

하마터면 엄마로 늙을 뻔했다

섬유증이 악화되어서 병원에 다니는 게 일상이었다. 게다가 딸이 자사고에 들어가기만 하면 신경 끌 거라던 영미는 실제로 딸이 자사고에 들어가자 1학년부터 내신 관리하느라 더 바빠졌다.

정아는 지방 출장이 잦았다. 바빠서 대화방에 들어오지 못하고 나중에 인사만 전했다. 추연도 뭔가에 몰두하지 않으면 큰일 날 것처럼 스케줄이 바빴다. 대화방에 올라오는 메시지가 절반 이하로 줄었다.

얼마 후 만성적인 소화 불량에 시달리던 친정아버지가 위궤양 진단을 받았다. 장의 일부가 이미 괴사되어 음식을 거의 먹지 못했고, 암이 아닌데도 위 절제 수술을 받아야 했다. 큰 수술을 받은 뒤로 아버지는 체력이 급격히 떨어져서 집 밖으로 나가는 건 엄두도 내지 못하고 거실만 느릿느릿 오가셨다. 그런데 그마저도 허락되지 않았는지 다리에 힘이 풀려 넘어지셨다. 아버지는 다시 병원에 입원하셨고, 고관절 수술을 받았다.

계절이 바뀌고 찬바람이 불기 시작했다. 아버지를 보러 다니면서도 내 머릿속엔 온통 큰애 생각뿐이었다. 환경을 바꿔주면 혹시나 달라지지 않을까? 공부 잘하는 애들이 몰려 있는 동네에 가면 조금은 나아지지 않을까? 둘째 아이는 공부를 곧잘 했지만, 당시 살던 동네에서는 평범해질 수도 있었다. 아니, 그런 핑계라도 만들고 싶었다. 지푸라기라도 잡고 싶은 심정이었다.

남편과 이사 문제를 상의했다. 살고 있는 아파트의 대출금이 2억 원 남아 있었는데 추가 대출을 받아야 해서 남편은 주저했다. 며칠을 고민하고 생각한 끝에 남편이 빠른 결정을 내렸다.

우리는 그야말로 '영끌'을 해서 강남 8학군으로 이사했다. 다행히 아이들이 새 학년이 되기 전에 움직일 수 있었다. 아이들 입학할 고등학교를 바라보고 내린 결정이었지만, 우리 부부에게도 생의 전환점이 될 수 있는 좋은 기회였다. 어쩌면 벌써 우리의 인생 2막이 시작되고 있는 건 아닌가 하는 생각이 들었다.

10년 넘게 살았던 동네를 야반도주하듯 뛰쳐나왔다는 생

하마터면 엄마로 늙을 뻔했다

각에 이사한 뒤로 한동안은 마음이 좋지 않았다. 엄마들의 야성이 강한 그곳에서 아이들과 잘 적응할 수 있을지 겁나고 두려웠다. 하지만 어느 집에서나 공부가 우선인 동네의 분위기라면 큰아이의 마음을 돌려놓을 수 있을 거라는 실낱같은 희망을 품으면서 나는 정신을 붙들어 맸다. 내 나이 마흔넷은 그렇게 끝나가고 있었다.

아이들은 새 학년이 되었고, 나도 한 살 더 먹었다. 둘째는 학교생활에 빠르게 적응했고, 친구도 잘 사귀었다. 초등학생의 마지막 해는 방목하듯 내버려두었다. 내 레이더망에는 오로지 큰아이만 존재했다. 큰아이도 새로운 학교에 가서 무언가 바꾸어보려고 노력했다. 적어도 중간고사를 치르기 전까지는.

시험이 끝나고 중학교 3학년의 학업량이 만만치 않다는 걸 알고 나서 큰애는 더욱 무기력해졌다. 마음 터놓을 친구를 사귀기 힘들어서 혼자 맴돌던 아이는 스마트폰을 사달라고 조르기 시작했다. 이 동네 애들은 하나씩 다 갖고 있는데 왜 자기만 없느냐고 했다. 그 일은 우리 집의 커다란 갈등이 시작되는 새로운 진원지였다.

성화에 못 이겨 휴대폰을 사주었다. 아이는 적절하게 사용하겠다고 약속했지만, 밤새 휴대폰을 들여다보다가 그대로 날이 밝으면 학교로 향했다. 학교에서 하루 종일 자는 일이 지속되었다. 학교 선생님들은 개전의 가능성을 발견할 수 없었는지 아이를 깨우지도 않았다. 나는 반쯤 정신 나간 상태로 살았다.

나는 수없이 물었다. 내 집착과 욕심이 과해서 이런 일이 일어난 걸까? 내가 분투했던 이유는 그저 아이가 정규 교육을 잘 받도록 하기 위한 것이 전부 아니었던가. 나는 억울하고 슬펐다. 그러면서도 정붙이고 살던 동네를 떠나온 것이 결국 아이를 수렁으로 빠뜨린 건 아닌가 하는 생각에 견딜 수 없이 괴로웠다.

남편도 괴롭고 힘든 건 마찬가지였다. 아이를 잘 이끌어보려고 굳은 결심을 했다가도 번번이 아이와 부딪혔고, 때로는

하마터면 엄마로 늙을 뻔했다

격한 싸움을 하기도 했다. 그런 일이 반복되면서 나와 남편과의 관계도 악화되었다.

아버지는 퇴원하신 뒤로는 거실에서 걷는 것조차 힘들어했다. 그러다가 어느 날부터는 자리에서 일어나지 못했다. 종일 누워만 있는 아버지는 하루가 다르게 몸이 약해지고 야위어갔다. 엄마는 아버지가 오래 못 가실 것 같다며 마음의 준비를 하셨다. 그 무렵이 중년의 내 삶에서 가장 힘들었던 시기였다.

나를 낳아준 부모와의 이별을 준비한다는 게 어떤 건지 생각할 겨를도 없이 시간이 흘렀다. 큰아이 문제로 만신창이가 되어 있던 나는 아버지와의 얼마 남지 않은 시간 속으로 들어가지 못했다. 종일 자리를 지키고 누워 있을지언정 내가 정신을 차리고 마음을 추스를 때까지 기다려주실 것만 같았다. 하지만 그해 겨울 아버지는 세상을 떠나셨다. 임종을 앞둔 이의 청력이 남아 있는 그 순간에도 나는 아버지에게 작별 인사를 하지 못했다. 모든 일이 너무나도 정신없이 지나갔다. 장례를 치르고 일상으로 돌아오고 나서야 공허함과 슬픔이 물

하마터면 엄마로 늙을 뻔했다

밀듯이 밀려왔다.

해가 지나고 난 뒤에야 장례식에 와준 친구들과 만났다. 얼굴을 마주하고 이야기를 나눈 게 참으로 오랜만이었다. 함께 예산에 다녀온 때가 엊그제 같은데 벌써 두 해가 훌쩍 지나 있었다. 아직 겨울 추위가 가시지 않아 꽤 쌀쌀했다.

영미와 추언의 딸은 고3 수험생이 되었고, 정아의 아들은 대학에 들어갔다. 아버지 장례식에 찾아왔을 때 정아는 친정아버지 걱정이 많았다. 간암 수술을 받은 정아의 아버지가 몇 년 동안 잘 버티시다가 작년부터 다시 안 좋아졌기 때문이다. 아들을 대학에 보내고 한 시름 놓나 했는데, 다시 고비의 시작이었다.

자식 문제가 지나가면 여유 부릴 새도 없이 부모님의 건강 때문에 걱정해야 하는 나이였다. 모두 마음이 무거운 시기였다. 오랜만에 얼굴을 마주하는 참에 애써 분위기를 살리려 해도 매가리가 없었다. 그 후로 우리는 대화방에서 서로 살아 있는 것을 확인하는 정도의 대화만 나누었다.

큰아이가 고등학교에 입학하고 중간고사를 치렀다. 중3 때 했던 망나니짓이 후회스러웠던지 입학하기 전 겨울 방학 동안 고등학교를 대비하는 과외 수업도 순순히 받았다. 하지만 첫 시험을 치르고 나서 아이는 거기까지가 자신의 한계라고 생각한 듯 완전히 손을 놓아버렸다.

시험이 끝나고 겉도는 생활을 이어가던 어느 날 아이는 결국 자퇴 이야기를 꺼냈다. 수년 동안 수렁에 빠져 있는 아이와 같이 허우적대던 나는 그 결과가 바로 이거구나 하는 생각에 바닥에 주저앉아 펑펑 울었다. 대한민국 엄마들이 다 하는 입시 뒷바라지를 우리 큰애를 위해서는 할 수 없을지도 모른다는 예감이 현실이 되었다.

나도, 남편도 말리지 않았다. 이미 할 수 있는 건 다 해보지 않았느냐고 체념하고 있을 때였다. 아버지를 떠나보내고 정리되지 못했던 마음이 서서히 가라앉았다. 큰애의 자퇴서를 내던 몇 주의 시간 동안에는 이미 상실감이 많이 무뎌져 있었다. 되돌릴 수 있다고 집착하던 때가 훨씬 더 힘들었다는 걸

그제야 알았다.

무더위가 지나고 우리 집은 침묵에 빠져들었다. 큰아이는 방에서 무얼 하는지 잘 나오지 않았다. 중학생이 된 둘째는 자유 학기제를 보낸 뒤 2학기에 접어들었다. 그 무렵 정아의 아버지가 돌아가셨다는 소식이 들려왔다. 내 아버지가 돌아가신 지 채 일 년이 되지 않은 때였다. 그때를 떠올리며 정아의 얼굴을 생각하니, 갑자기 눈물이 쏟아졌다.

솜처럼 만날 수 없었던 우리는 정아의 아버지 장례식에서 오랜만에 얼굴을 마주했다. 산 사람들의 인연이 죽은 사람들을 통해 이어지고 있었다. 상복을 입고 눈물짓는 정아를 보면서 우리는 같이 울었다. 영미는 유난히 많이 울었다. 엄마가 아프서서 그렇다는 걸 우리는 알았다. 떠난 사람을 추억하는 눈물과 언젠가 맞이해야 할 이별의 순간을 생각하는 눈물이 뒤섞였다.

영미와 추연의 딸은 대입 수시 지원을 마친 상태였다. 영미는 엄마를 돌보는 와중에도 큰딸 수능 뒷바라지에 혼신의 힘을 다했다고 했다. 그해에도 우리는 줄곧 대화방에서만 이야기를 나누었다. 우울한 기운만 감돌던 대화방에 영미 딸이 치의예과에 최종 합격했다는 소식이 올라왔다. 추연의 딸도 원하는 과에 들어갔다고 했다. 우리는 맘껏 기쁜 마음을 나누었다. 모처럼 우리의 대화가 활기를 찾는 듯했다.

겨울이 지나고 이듬해 봄, 영미의 어머니가 하늘나라로 가셨다. 우리 가운데 친정 엄마를 떠나보내기는 영미가 처음이었다. 꽃이 피는 봄이었건만 영미의 어머니에게는 잔인한 계절이었다. 친정 엄마가 마지막을 너무 고통스럽게 보낸 탓인지 영미의 얼굴은 무척이나 수척해 보였다. 영미는 마흔일곱 살이었던 그해에 거의 웃지를 않았다.

딸들은 엄마의 분신과 같아서 엄마의 모든 고통을 자궁 속에서부터 이어받는다는 말이 있다. 자신의 자궁에 아이를 품고 연습하지도 않은 모성애를 갖고 살아갈 수 있는 건 엄마가 있었기에 가능한 일이었다. 그래서 그런 걸까? 엄마의 죽음은 아버지의 죽음과는 완전히 다른 느낌으로 다가온다. 돌

하마터면 엄마로 늙을 뻔했다

이켜보면, 엄마를 평생 힘들게 했던 아버지의 죽음 앞에서 나는 크게 통곡하지 않았다.

엄마의 죽음과 맞닥뜨렸을 때의 감정을 상상조차 할 수 없었던 우리는 그때 영미를 통해 엄청난 슬픔을 경험했다. 한 여인이 결혼하여 남편의 수발을 들고 아이를 낳아 기르다가 생을 마감했다. 출산과 양육으로 점철된 삶의 끄트머리에 별다른 보상도 없이 고통을 겪으면서 그 여인은 생의 마지막 순간에 어떤 생각을 했을까. 행여나 눈을 감는 그 순간 후회하고 원망하는 마음을 갖게 되지나 않을지 덜컥 겁이 났다.

우리는 그해 내내 먼 산을 바라보듯 눈에 초점을 잃은 영미가 기운을 차리기만을 기다렸다. 엄마의 인생은 쓸쓸하지만 아름다웠노라고 이야기해주었다. 그것은 동시에 우리 자신의 삶을 다독이는 행위이기도 했다.

우리는 기쁨보다 슬픔을 공유하면서 더욱 단단해졌다. 삶의 동반자는 남편만이 아니었다. 남자에게만 친구가 소중한 것도 아니었다. 오히려 여자들에게 여자만의 감정과 상황을 나눌 친구가 더욱 절실했다. 그전까지는 같이 수다를 떨고 웃

하마터면 엄마로 늙을 뻔했다

가족을 위해
많은 것을 바친 시간의 끝에
원망이 차오르지는 않을까?

나를 위할 틈도 없이
바보같이 희생하고만 살았다는
후회가 가슴을 채우지는 않을까?

생의 시간이 다하는 그 순간
무엇이 남을지 우리는 알 수 없지만,
과거를 고통으로 기억하는 것도
과거를 행복하게 떠올리는 것도
우리 선택의 결과다.

어느 누구도 처음으로 돌아가
인생을 다시 시작할 수는 없다.

하지만
지금부터 다시 시작하여
행복한 결말을 만들 기회는
얼마든지 있다.

음을 나누며 한때의 기억을 공유하는 존재였지만, 시간이 갈수록 친구들의 눈빛을 대할 때면 듬직하고 고마운 마음이 들었다. 그렇게 우리는 세상을 동행하고 있었다.

영미의 얼굴에 천천히 미소가 돌아왔을 즈음 경옥이 공주에 있는 한옥 마을에 힐링 여행을 떠나자고 제안했다. 나머지 친구들 누구도 군소리 없이 그러자고 했다. 그때 우리에게는 어디에 가느냐는 중요하지 않았다. 지친 몸과 마음을 쉬게 해 줄 시간과 공간이 필요했다.

해가 바뀌고 마흔여덟에 접어든 정월에 우리는 여행을 떠났다. 서울에 사는 넷은 기차를 타고 공주로 향했고, 예산에 사는 경옥은 곧바로 공주역으로 와서 우리를 만났다. 우리의 두 번째 여행이었다.

"겨울 날씨가 매섭지 않아 다행이야."

겨울 추위가 한풀 꺾여 있었다. 모두 투박한 패딩은 집에 두고 비교적 가벼운 옷차림이었다. 마치 그동안의 우울을 털어버리려는 것처럼.

역에서 택시를 나누어 타고 한옥 마을로 곧장 이동했다. 공주 한옥 마을은 가족 단위의 여행객이 투숙할 수 있도록 꾸민 인위적인 관광지였지만, 숙박동 건물이 여러 채 들어서 있어서 제법 사람 사는 마을처럼 보였다.

경옥이 숙소로 잡은 한옥은 소소한 행복을 찾아 떠나온 여행객을 품을 만큼 적당한 크기였다. 담벼락을 끼고 붙어 있는 옆집은 큰 대궐 같았다. 그곳에서는 누가 와서 묵고 있는지 굴뚝에서 연기가 피어오르고 있었다.

나는 마당에 들어서서 주변을 둘러보았다. 더없이 맑은 하늘 아래에 기와지붕 끝의 추녀마루가 예쁜 곡선을 그리고 있었다. 처마 밑에 매달린 풍경이 흔들리며 청아한 소리를 내었다. 우리가 머물 집의 아담한 마당에는 온돌을 지필 아궁이가 야무지게 만들어져 있었다.

우리는 짐을 풀고 군데군데 걸려 있는 짚신과 망태기 등의 옛 소품을 구경했다. 기껏해야 10분 정도 머물렀을까. 추연과 정아가 빨리 나가보자며 부산을 떨었다.

하마터면 엄마로 늙을 뻔했다

공주 한옥 마을에는 가로세로로 여러 개의 골목이 나 있었다. 그 골목을 따라 걸으며 다채로운 한옥을 구경했다. 대궐처럼 큰 집을 삥 둘러서 걷다 보니 큰 연못이 나왔다. 자그마한 다리에 이르러 경옥이 말했다.

"여기가 포토존인가 봐. 자, 여기 좀 봐봐."

찰칵. 경옥이 셔터를 누른 걸 시작으로 모두들 자신의 휴대폰과 카메라로 친구들 모습을 담았다. 정아가 야심차게 준비한 매직 셀카봉을 꺼내들었다. 정말 오랜만에 우리는 다섯을 모두 담은 사진을 많이 찍었다.

영미는 그간 고단했던 마음을 친구들이 즐거워하는 모습을 보며 달래는 듯했다. 나 또한 그랬다. 친구들과 함께 있는 동안 나도 모르게 피식피식 웃음이 새어나왔다. 친구란 웃음을 되찾게 해주는 그런 존재였다.

골목 하나를 돌아서니 조그마한 목화밭이 나왔다. 우리는 목화솜 알맹이를 꺼내 귀 옆에 걸었다.

"〈웰컴 투 동막골〉의 그 소녀 같아."

까르르르! 드디어 시원하게 웃음이 터졌다.

목화밭을 돌아 나오자 한옥 마을의 문지기 장승이 보였다. 동네 한 바퀴를 다 돌았다는 걸 알 수 있었다. 주변의 식당들을 마주하자 배가 고파졌다. 경옥이 보리굴비를 먹자고 제안했다.

"살림하다 보면 내 입에 잘 차려진 밥 제대로 넣어준 적 별로 없잖아. 여행 와서라도 대접받듯이 먹어봐."

보리굴비라면 가격이 만만치 않다. 우리는 잠시 고민한 끝에 까짓것 그러자고 마음을 모았다.

반찬이 끝도 없이 나왔다.

"아직 메인 음식은 나오지도 않았는데 벌써 배불러 죽겠네."

내가 상체를 뒤로 젖히자, 다들 비슷한 자세를 취했다. 그러면서도 다소 비싼 상차림이 아까웠던지 오래오래 이야기를 나누며 소가 되새김질하듯 밥을 먹었다.

밥을 먹고 나니 어둑어둑해져 있었다. 날씨가 포근하다고는 하나 겨울은 역시 겨울이었다. 낮이 짧았다. 식당 주변을 서성이는 동안에도 해가 빠르게 기울었다. 곧 사방이 어두워지고 빨강, 파랑 한지로 둘러싼 청사초롱이 하나둘 불을 밝

했다. 마을 중앙에 있는 작은 광장의 소나무를 둘러싼 예쁜 조명이 운치를 더했다.

숙소로 향했다. 재잘거리다 보니 금세 집 앞이었다. 그새 우리 집 아궁이에도 불이 지펴져 있었다. 방 아랫목이 따끈했다. 누가 잡아당기기라도 한 것처럼 우리는 방에 들어서자마자 이불 속으로 빨려 들어갔다. 경옥이 창문 고리를 풀었다. 그러고는 마당이 훤히 내다보이게 활짝 열었다. 차가운 저녁 공기가 들어와 얼굴을 감쌌다. 온몸은 노곤한데 머리는 시원했다.

"천국이 따로 없네. 그동안 우리 피부도 홀대받았는데, 대접 좀 해줘야지."

영미가 가방을 뒤적이더니 팩 한 봉지씩을 돌렸다. 내가 팩을 붙이고 얼굴을 매만지며 말했다.

"정말 고즈넉하다. 이런 시골에서 혼자 살고 싶다. 애새끼 걱정 없이."

"누가 아니래."

추연은 딸 수시 원서를 넣을 때부터 연락이 뜸해졌다. 아이들 교육 문제에서는 비교적 쿨한 추연도 수험생 학부모의 홍역만큼은 피해갈 수 없었다고 털어놓았다. 모두가 예민한 시기여서 친구들에게 말하지 못하고 혼자서 속앓이를 많이 했다고 했다. 추연은 얼굴에 붙인 팩의 아랫부분이 들릴 정도로 크게 한숨을 내쉰 뒤 말했다.

"영미야, 딸은 학교 잘 다니고 있어? 네 딸은 정말 효녀야. 나는 애들 고3 때 수시 원서 여섯 개 다 쓰는 집이 너무 부러웠어. 학교에 수시 상담하러 갔을 때 얼마나 답답했는지 몰라. 우리 애 하나 들어갈 학교가 없는 거야. 서울·경기에서 간신히 하나 찾았는데, 결국 거긴 안 됐고 지방대로 갔어."

"요즘 재수는 필수라던데 한 번 더 해보라 하지."

"한 번 더 해서 된다는 보장이 있니?"

"가고 싶은 과 들어갔다며?"

"딱 자기 같은 과 갔어. 미용학과."

친구들의 대화를 듣고 있던 경옥이 말했다.

하마터면 엄마로 늙을 뻔했다

"그래도 적성에 맞는 과 찾은 건 잘된 거야. 요즘은 학벌보다 취직이 먼저지. 메이크업 아티스트 하면 되잖아. 난 그런 직업 멋있더라."

"니들도 그게 내 아이 이야기라면 속이 문드러졌을 거야."

그랬다. 남의 집 부모가 자기 아이 흉을 보면 기계적으로 아이 편을 들어주는 시늉부터 하게 된다. 정말로 아이 편에 서는 것이라기보다는 그렇게라도 해서 부모 마음을 누그러뜨려주기 위해서다. 아내가 남편 흉을 볼 때는 얼마든지 맞장구 쳐줄 수 있지만, 그 대상이 아이라면 절대 그래서는 안 된다. 하지만 그건 일시적인 방편에 지나지 않는다는 걸 부모도 알고, 곁에서 아이 편을 들어주는 사람도 안다. 아이를 바라보는 엄마가 먼저 긍정적인 시각을 가져야 한다. 비록 지금 당장은 못 미덥더라도 엄마는 자기 자식을 응원해주어야 한다. 머리는 그걸 아는데, 마음이 따라주지 않는다. 그래서 부모 노릇이 힘든 것이다.

정아의 아들은 1학년을 마치고 입대했다고 했다. 정아가 말을 이었다.

"취직은 울 아들이 더 걱정이지. 남자애가 문과라. 일본어과 갔으니 제대해서 복학하면 복수 전공을 하든 치열하게 살아야 할 거 같아. 난 늘 그랬듯이 애한테 다 맡기고 지켜봐 줄 거야."

내가 말했다.

"네 아들처럼만 하면 나도 그럴 수 있어. 아들 군대 들어갈 땐 안 울었어?"

"웃 돌아왔을 때 울었지. 그런데 아들이 조그만 쪽지 써 보낸 거 보고 울다 웃어. 엄마, 나 잘 있으니까 이거 받고 또 주접떨면서 울지 마."

추연이 말했다.

"아들, 스킬 있다."

경옥이 받았다.

"그러게. 고놈 참."

내가 영미에게 물었다.

"영미야, 둘째는 올해 고3이겠네? 공부 착실히 잘하지?"

"작년에 더 끌어올렸어야 하는데 제자리야. 너네 큰아들은? 우리 둘째랑 동갑이잖아."

큰아이를 향한 질문 앞에서 가슴이 컥 막혔다. 나는 대답을 미루고 질문을 돌려주었다.

"딸 치의예과 합격했을 때 기분이 어땠어?"

영미가 코웃음을 쳤다.

"처음엔 대학 지 혼자 간 줄 알더라. 꼬박 10년 동안 지 옆을 지켰는데 엄마한테 고맙단 말 한마디 안 해서 괘씸했어. 그래서 학교 잘 갔는데도 허탈히더라. 개 고2 때 내신 땜에 하도 짜증을 내고, 나는 나대로 엄마 병원에 왔다 갔다 하느라 어딜 가도 가시방석이었어. 그래도 1년 대학 생활 하고 지금은 지 동생이 수험생이라 그런지 좀 부드러워졌어. 우리 아들까지 그러면 나 정말 배신감 들 것 같아."

오십을 바라보는 그때까지도 우리는 한 사람의 존재가 아니라 엄마로 평가받았다. 대한민국에서는 자식이 어느 대학에 가느냐에 따라 엄마들도 성적표를 받아들게 된다. 자식이 좋은 대학에 간 엄마는 부러움의 대상이 되고, 그렇지 못한 엄마는 상대적인 박탈감을 느낄 수밖에 없다.

나는 큰아이가 고등학교를 중퇴했다는 이야기를 그동안 추연에게조차 꺼내지 못했다. 아무리 마음을 비웠다고 해도 상실감과 미련을 완전히 떨쳐내기에는 시간이 필요했다. 그때 마음 같아서는 지방의 이름 없는 대학이라도, 아무도 가고 싶어 하지 않아서 정원 미달인 학과라도 좋았다. 아니, 대학에 가지 못하더라도 큰아이가 고등학교 졸업장만이라도 손에 쥐기를 바랐다. 학연과 학벌을 중시하는 우리나라 사회에서 아이가 평생 천대받고 살아가지는 않을까 생각하면 가슴이 미어졌다.

세계적으로도 교육열이 높은 이 나라에서 나는 내 친구들을 포함한 다른 엄마들과는 전혀 차원이 다른 고민을 해야만 했다. 자녀가 좋은 대학에 갔는데도 찾아오는 허탈감이란 어떤 종류의 감정일까? 잘하고 있는 둘째가 나중에 좋은 대학에 가면 과연 나도 그럴까? 그때가 되면 내 마음에 보상과 위로가 찾아올지 궁금했다.

하지만 그건 나중의 일이었다. 당장은 큰애가 이 사회의 잉여인간으로 취급되는 좌절을 겪지 않았으면 하는 간절함이 컸다. 자기는 당당하고 호기롭게 학교를 떠난 거라고 말하고 다니겠지만 주변 사람들은 그렇게 생각하지 않을 텐데, 그 속에서 아이가 자존감을 잃지 않기를 간절히 바랐다. 그것 때문에라도 큰애가 늦기 전에 검정고시만큼은 치러놓고 무엇이라도 시작했으면 하는 게 나의 마지막 소원이었다.

나는 떨어지지 않는 입을 천천히 열었다.

"뭐든 하고 싶은 게 있다는 건 좋은 거야. 사실 우리 큰애, 고1 때 자퇴했어. 지금 음악 시작한 지 얼마 안 됐어."

방 안의 공기가 미세하게 흔들렸다. 모두들 티를 안 내려고 했지만 표정이 많은 것을 말해주었다. 그건 분명 중2병과 고3병에 걸려서 히스테리가 심해진 아이를 두고 푸념을 늘어놓는 것과는 다른 이야기였다. 다들 조심스러워하는 가운데 추연이 말했다.

"네 똑똑한 큰아들이? 난 걔 어릴 때부터 좀 다르게 봤는데, 역시 다르네. 그 자식 그거, 뭐가 되려나 보다. 왜 이제 얘기해?"

"기회가 없었어. 다들 힘들었잖아."

친구들은 그동안 내가 어떤 소용돌이에 휘말렸는지, 태풍 앞에서 쓰러지지 않으려 얼마나 이를 악물었을지 가늠하며 지긋한 눈길로 나를 바라보았다. 그 숱한 풍파를 지나고 다소 초췌한 모습으로 자기들 앞에 있는 친구를 애정 어린 시선으로 보듬었다. 정아가 말했다.

"희수, 그동안 맘고생 심했겠다. 울 아버지 장례식 때 네 안색이 안 좋았는데, 그런 일이 있었구나."

가만히 듣고 있던 추연이 긴 팔로 내 목을 감싸 안았다.

큰아이는 고등학교를 그만두고 처음 1년 동안은 마치 세상에 없는 것처럼 자기 방에서 은둔했다. 그 안에서 아이가 무엇을 하고 지내는지 궁금하고 조바심이 나면서도 나는 아이가 숨어든 동굴로 들어서기가 두려웠다. 그렇게 1년이 되어갈 무렵 아이는 비트 메이킹beat making을 시작했다. 전단지 돌리는 아르바이트를 해서 모은 돈으로 방음 시설이 갖추어진 한 평 남짓한 작업실도 얻었다. SNS를 통해 음악을 하려는 친구들과 크루를 형성하고 노래를 만들면서 조금씩 세상과 소통하기 시작했다.

"얘기하고 나니까 가슴이 좀 뚫리네. 나, 걔 방 안에만 처박혀 있을 때 정말 미치는 줄 알았어."

내 말에 경옥이 대꾸했다.

"아무것도 배우지 않고 아무것도 하지 않는 애들이 더 창의력을 발휘한다잖아. 네 큰아들, 그때 엄청 많이 고민하고 선택한 길일 거야."

"무슨! 할 게 없으니까 한 거지."

추연이 내 등을 쳤다.

"야, 음악 그거 아무나 하냐? 요즘 애들 우리보다 머리 백 배 좋아. 걱정 마, 희수야. 너보다 행복하게 잘살 테니까."

그 당시 우리 집에 와서 큰아이의 모습을 직접 봤다면 결코 할 수 없는 얘기들이었다. 하지만 나는 고마웠다. 비록 내가 처한 현실과는 동떨어진 위로와 조언이었지만, 그동안 말 못하고 멍들었던 내 가슴을 어루만져주는 것만 같았다.

"그러고 보니 이번엔 우리 술도 안 마시고 있네."

내 말에 추연이 내 손을 잡아 일으켰다.

"아까 골목 돌다가 마을 바깥에 작은 구멍가게 있는 거 봤

자녀의 행복

성공은 움켜쥐려는 속성이 강해서
쉽게 나누어지지 않는다.

행복은 스스로 발산하기 때문에
주위에 퍼진다.

자식의 성공에 기대지 말고,
자식의 행복에 기대라.

어. 캔 맥주 몇 개 사오자."

추연은 맥주를 사러 가는 내내 어깨동무를 하고 놓아주질 않았다. 자기 딸 신경 쓰느라 그동안 친구 속 썩는 것도 몰랐다고, 미안하다고 말해주는 것 같았다. 자식 땜에 속 썩는 게 어디 나 혼자만의 일인가. 나는 추연의 마음을 느끼며 그녀에게 목을 잡힌 채 가만히 걸었다.

우리는 캔 맥주를 하나씩 홀짝였을 뿐 서로에게 술을 권하지 않았다. 이심전심인지 자정이 되기 전에 불을 끄고 자리에 누웠다. 그날 밤은 그것으로 충분했다.

"근심은 잠시 내려놓자. 그래야 다시 들어 올릴 힘이 생기니까."

"그러게. 밤사이에 근심이 다 씻겨서 아침에는 아주 홀가분했으면 좋겠어."

다들 언제 잠들었는지 몰랐다. 눈을 떠보니 햇살이 창밖에 머물고 있었다. 하늘이 어제보다 더 맑았다. 기온도 초봄 같았다. 추운 겨울이 우리를 위해 잠시 멀어져간 것만 같았다. 푹 자고 난 친구들의 말간 얼굴을 대하자, 나도 기운이 들었다.

숙소를 나섰다. 가장 먼저 만난 국밥집에서 한 그릇씩 해치웠다. 이어서 우리는 멀지 않은 곳에 있는 도자기 마을로 가는 버스를 탔다. 타지에서 타는 버스는 여행을 더욱 실감 나게 해주었다.

오전 내내 다들 말이 별로 없었다. 하지만 침묵이 불편하거나 어색하지는 않았다. 나는 창밖으로 지나가는 풍경에 시선을 놓은 채 생각에 잠겼다. 밤사이 씻겨 나가기를 바랐던 근심이 가슴 한 곳을 묵직하게 누르고 있었다.

여행을 끝내고 다시 서울로 돌아가 각자의 일상으로 돌아가면 한동안 적적한 마음을 지울 수 없을 것 같았다. 우리 앞에는 여전히 많은 과제가 남아 있었고, 거기에서 해방될 날은 요원하게만 느껴졌다. 하지만 이렇게라도 친구들과 함께 휴식을 취할 수 있다는 사실에 감사했다. 나는 언제가 될지 모를 우리의 다음 여행을 벌써부터 기다리게 되었다.

생각에 빠져 있는 사이 버스가 목적지에 도착했다. 우리는 버스에서 내려 오솔길을 걸었다. 도자기 마을 입구가 보였다.

골목마다 개성 강하고 독특한 도자기들이 진열된 가게들이 줄 지어 있었다. 가게의 안쪽 깊은 공간은 모두 공방이었고, 뒤뜰에는 가마도 있었다. 그 가마 속의 열기를 용케 견뎌내고 뽀얗게 새로 태어난 예쁜 도자기들은 작은 종지마저도 하나의 작품이었다. 마치 우리의 자식들같이. 도자기의 유려한 곡선은 굴곡 많은 우리 생의 한 단면처럼 보였다.

"간지 난다."

"응, 정말 예쁘다."

정아와 영미가 주고받는 대화를 들은 경옥이 말했다.

"그래, 우리만큼이나. 우리 지금 참 예뻐."

내가 말했다.

"지금 이대로도 좋지만 때로는 옛날로 돌아가보고 싶어."

추연이 말했다.

"워워, 즐거운 생각만 하세요. 아무것도 모르는 애송이로 돌아가서 또 무슨 고생을 하려고."

영미가 추연의 말을 받았다.

"맞아. 우리 지금 같았으면 어려워서 대학 가겠니? 어쩌면 몸으로 때워야 할 수도."

우리는 한바탕 웃고 카페로 향했다. 커피와 음료를 담은 예쁜 도자기 다섯 개를 테이블에 모아놓고 사진을 찍었다. 이어서 전시장에서 찍은 사진을 서로 돌려 봤다. 추연이 찍은 내 사진을 보고 깜짝 놀랐다.

"꺅! 나 왜 이렇게 크게 웃는 거니? 아, 주책이야."

"왜? 좋기만 한데. 넌 평소에 너무 무표정이야. 이렇게 웃는 게 제일 예뻐."

추연의 말이 싫지 않았다.

공주역으로 향하는 택시 안에서 추연이 톡으로 보내준 내 사진을 다시 들여다보았다. 세상 시름 다 잊고 활짝 웃는 얼굴. 가족과 함께 있으면서도 이렇게 웃을 수 있으면 좋으련만.

공주 터미널에 경옥을 내려주고 나머지는 공주역으로 향했다. 개량 한복 차림의 경옥은 우리가 안 보일 때까지 서서 손을 흔들었다.

그렇게 공주 여행은 끝났다. 나는 그 밤을 지금까지도 따뜻한 시간으로 기억하고 있다. 그 따스한 온돌방만큼이나 따뜻하게 서로를 안아준 친구들이 있었으니까.

가슴에 담아둔
저마다의 사연

좀처럼 비가 그칠 것 같지 않았다. 식사를 하는 동안 빗줄기는 굵어졌다가 가늘어지기를 반복했다. 밥을 다 먹어갈 때까지도 식당은 여전히 한산했다. 덕분에 우리는 내 집처럼 편안하게 점심을 즐길 수 있었다.

"공주 갔을 때처럼 여기서 누워 자고 싶다. 비가 계속 올 것 같지?"

벽에 기댄 채로 반쯤 누워 있던 영미가 말했다. 정아는 휴대폰으로 날씨 정보를 검색했다. 이윽고 고개를 쑥 내밀고 밖을 내다보더니 말했다.

"정말. 하루 종일 비가 내리는 걸로 돼 있네. 오늘은 더 이상 다른 데는 못 가볼 거 같아. 집에 가는 길에 시장 들러서 먹을 거 사자. 그래도 집에서 조금만 가면 바닷가 나오니까 비 오는 바다 구경이나 하지 뭐."

그 바닷가의 이름은 태웃개였다. 제주 사투리로 배를 매어두는 곳이란 뜻이다. 작은 포구인데, 해질 무렵 풍경이 예뻐서 현지인들이 자주 찾는 명소라 한다. 정아는 얼마 전 드라마 촬영을 한 뒤로 관광객이 부쩍 늘었다고 했다. 주연 배우들이 태웃개 방파제에서 사랑을 속삭였다나.

태웃개까지는 1시간 정도 차를 몰아야 했다. 이번에는 내가 운전대를 잡았다. 정아가 말한 서귀포 매일 올레 시장은 40분 거리였다.

시장에 들어서자 입이 쩍 벌어졌다. 작은 동네 시장일 줄 알았는데, 규모가 꽤 컸다. 비를 피한 여행객이 여기에 다 와 있는 듯 시장은 인파로 붐볐다.

"사방이 먹을 것 천지네. 오늘 입이 호강하겠다."

시장으로 들어서자마자 영미가 말했다. 영미의 그 말을 시작으로 저마다 한마디씩 거들었다.

"그래, 여행에서 먹는 거 빼면 무슨 재미야? 우리도 잔뜩 사가자."

"오메기떡이다! 우리 둘째가 저거 정말 좋아하는데."

"우리 애들은 팥 싫어해. 만날 치킨 같은 거만 시켜 달래지."

"나도 초딩 입맛인가 봐. 튀긴 건 다 맛있더라."

"제주도까지 와서 무슨 치킨 타령이야. 무조건 제주 음식으로 고르기!"

제주도에 왔으니 신선한 회를 빠뜨릴 수는 없었다. 똑같은 광어회도 서울에서 먹는 것과 제주도에서 먹는 것은 식감부터 다르다고 내가 말했다. 우리는 광어와 우럭 횟감을 먼저 샀다. 밥도 먹어야 하니까, 메인 반찬으로 흑돼지와 옥돔을 구워 먹기로 했다. 주전부리용 오메기떡과 한라봉도 샀다.

30~40분 정도 장을 보고 시장을 빠져나왔을 때는 비가 그쳐 있었다. 모두들 봉지 하나씩을 들고서 차를 세워둔 곳으로 향했다.

시장에서 20분가량 차를 몰고 가자 태웃개 방파제에 도착했다. 하늘은 먹구름을 잔뜩 머금고 있었지만 다행히 비는 내리지 않았다. 바람이 심해서 트렁크에서 각자 바람막이 점퍼를 꺼내 입었다.

방파제에는 십여 명의 사람이 바다를 구경하고 있었다. 파도가 방파제를 강하게 때리며 물보라를 일으켰다. 그때마다 사람들은 종종걸음으로 물러났다가 다시 바다 쪽으로 몰려들었다. 파도와 놀이를 하는 아이들 같았다. 방파제 안쪽, 파도가 미치지 못하는 허리 깊이의 얕은 물에서는 서너 명의 아이들이 물놀이를 하고 있었다. 제주도 사투리가 들려오는 걸 보니 제주 아이들인 모양이었다.

풍덩! 아이 하나가 물속으로 뛰어들었다. 그러자 다른 아이들도 줄을 지어 뛰어들었다. 아이들에겐 익숙한 놀이 같았다. 정아가 아이들을 보며 웃었다.

"이제 더워지면 더 많이 와서 놀겠네. 담수와 해수가 섞이는 곳이래. 조금만 밖으로 나가면 물고기도 볼 수 있나 봐. 전에 왔을 때 스노쿨링 하는 사람도 종종 봤어."

하마터면 엄마로 늙을 뻔했다

정아의 말이 끝나기 무섭게 빗방울이 떨어지기 시작했다. 태웃개 방파제에 있는 사람들의 움직임이 부산해졌다. 빗방울이 점점 굵어졌다. 우리는 달리는 둥 마는 둥 차 쪽으로 향했다.

"이럴 땐 남자랑 뛰어야 제맛인데. 영화 찍으면서."

추연의 실없는 소리는 빗소리에 묻혔다. 모두 물에 빠진 생쥐처럼 젖은 몸으로 차에 올랐다. 내가 운전석에 앉으며 말했다.

"정아 집에 얼른 가보고 싶다. 여기서 가깝다 그랬지?"

"응, 5분이면 가."

오래지 않아 옹기종기 모여 있는 건물들이 나타났다. 보조석의 정아가 손가락으로 가리키며 말했다.

"저기야."

감탄사가 터져 나왔다.

"와, 집들이 정말 소담하고 예쁘다."

"정아야, 너 정말 멋지다. 역시 앞서가려면 사람은 기민하게 움직여야 해."

하마터면 엄마로 늙을 뻔했다

"나도 집 팔고 당장 저런 것 사고 싶다."

"이러다가 우리 제주도에 다 모여 사는 거 아냐?"

"진짜 우리 더 나이 들면 그렇게 살까?"

정아의 집 앞에 차를 세웠다. 이미 젖은 우리는 우산을 쓰지 않고 트렁크의 짐을 날랐다.

부엌의 조리대에 장 봐온 음식을 부리고는 누가 먼저랄 것도 없이 집 안을 둘러보기 시작했다.

"요즘 참 집 잘 민든다."

친구들의 감탄에 정아가 약간 고무되어 말했다.

"2층 테라스 풍경도 멋져."

또 다시 친구들은 서로 경쟁이라도 하듯 2층으로 우르르 향했다. 정아의 말대로 야외 테라스에서 바라본 풍경이 참으로 예뻤다. 세모 지붕의 작은 집들이 옹기종기 모여 있는 마을과 주변의 풍광이 멋들어지게 어우러졌다. 영미가 넋을 놓은 채 말했다.

"야, 정말 좋다. 천국이 여기 있었어."

추연도 보탰다.

"큰일 났다. 서울 가면 이거 생각나서 어떻게 맘 잡고 살지?"

"자주 와. 따로 와도 내가 빌려줄게."

정아의 말에 추연이 확실히 하겠다는 듯 새끼손가락을 내밀었다. 정아가 손가락을 걸었다.

각자의 짐을 풀고 옷을 갈아입었다. 화장 지우는 건 미루고 함께 저녁 식사 준비부터 했다. 집에서는 그렇게도 귀찮았을 부엌일에 모두 의욕적으로 덤벼들었다. 나와 같은 생각을 했는지 영미가 말했다.

"우리끼리 해먹는 건 왜 이렇게 재밌는 거야? 식구들 챙기는 건 지겨운데."

영미의 말을 경옥이 받았다.

"여행이잖아. 친구도 계속 같이 살면 지겨울 거야."

추연이 거들었다.

"그래서 남편이랑도 가끔 보면서 살아야 하는데."

나도 보탰다.

　　　하마터면 엄마로 늙을 뻔했다

"그러게."

추연과 경옥이 거실 한복판으로 테이블을 옮겼다. 나는 횟
감을 접시 두 개에 나눠 담아 테이블에 올려놓고 굽고 있는
옥돔을 뒤집으러 다시 부엌으로 향했다. 영미가 옆에서 흑돼
지를 구우며 말했다.

"옥돔 굽기 은근히 까다롭더라. 역시 희수는 영락없이 제
주 아낙이네."

"그러세. 난 처음에 이걸 무슨 맛으로 먹나 했어. 그런데 먹
다 보니 알았어. 이것보다 담백한 놈이 없더라."

귀가 밝은 추연이 거실에서 소리쳤다.

"뭔 놈? 남자 얘기야? 그런 얘기는 같이 해야지."

내가 곧장 대답했다.

"알았어, 기다려. 뭘 원해? 첫사랑?"

이미 테이블 자리를 차지하고 앉은 정아가 소리쳤다.

"술도 좀 가져오고!"

영미와 나는 각자 구운 것들을 들고 가서 앉았다. 나는 맥
주를 사람 수대로 따르고 나서 소주병을 들었다.

"타야지?"

"그래. 오늘 나 좀 함부로 대해줘."

추연이 요염을 떨자 다들 웃음이 빵 터졌다.

정아가 나에게 물었다.

"말해봐. 네 첫사랑은 어디다 갖다 버렸어?"

내가 대답했다.

"지네 고향으로 갔지. 오래전에 싸이월드 사람 찾기로 알아
봤어. 낙향했더라고."

추연이 그때의 기억을 떠올리며 말했다.

"그래, 목포 사나이였지."

정아와 영미, 경옥의 눈이 초롱초롱해졌다.

대학 신입생 때 추연과 나는 첫 남친이 생기면 제일 먼저
알려주기로 약속했다. 추연은 공군 사관 학교에 다니는 생도
였고 나는 평범한 공대생이었다. 당시 우리 둘은 서로 연락하
면 주로 남친 얘기를 했다. 헤어진 시기도 비슷했다. 각자의
대학 생활이 바빠지면서 시들해졌던 것이다.

"오, 이미지 좀 센데? 목포!"

정아의 말에 내가 덧붙였다.

"그래. 걔 데모하고 그래서 때려치운 거야. 걔가 했던 전라도 사투리가 생각나."

나는 맥주잔에 소주를 타면서 오래전 남친의 말투를 흉내 냈다.

"이걸 여따 집어여 갖고. 마셔봐. 자, 원샷!"

경옥이 웃음을 터뜨렸다.

"집어여 갖고. 호호호, 미치겠다, 정말."

이번엔 정아의 질문이 추연에게로 향했다.

"추연이는 첫사랑 다음에 남편이랑 씨씨 된 거야?"

추연이 의미심장한 미소를 지으며 대답했다.

"몇 년 전에 한 번 만났잖아. 인스타로 연결돼서."

우리는 꺅 소리를 질렀다.

"해외에서 살고 있는데, 잠깐 들어온다며 얼굴 보자 하더라구. 역시 첫사랑은 기억으로만 남아야 해. 인스타 사진으로 나이 든 모습을 봤는데도 실제로 만나보니까 정수리에 머리 숭숭 빠져 있고. 환상 다 깨졌잖아."

영미가 소리쳤다.

"웬일이니, 웬일이야! 하여튼 네 용기는 아무도 못 따라가."

영미는 친구들 얼굴을 둘러보며 말했다.

"누구 더 없어? 완전 재밌다."

친구들의 눈이 빛났다. 그사이에 추연은 무슨 일인지 계속 휴대폰을 들여다보았다. 그러다가 갑자기 화면을 우리 쪽으로 내밀었다. 우락부락하면서 펑퍼짐한 중년 남자의 얼굴이 있었다. 다들 눈이 동그래졌다. 경옥이 물었다.

"이게 뭔데? 그 머리 숭숭이야?"

추연이 나를 향해 사악한 미소를 지으며 말했다.

"아니, 희수 옛 남친."

추연이 인스타그램에서 내 첫사랑을 찾아내버린 것이었다.

"악, 뭐야, 이거! 그렇게 빨리 찾는다고?"

나는 추연의 휴대폰을 잡아채서 소파에 던져버렸다. 친구들은 떨어진 휴대폰을 먼저 집으려고 쟁탈전을 벌였다. 추연은 눈에서 눈물이 나오도록 웃으며 바닥에 엎드려버렸다. 나는 그녀를 향해 소리쳤다.

"어우, 미친년! 저만 환상 깨지는 걸로 모자랐네!"

핸드폰을 먼저 손에 넣은 정아의 양 옆으로 영미와 경옥의 얼굴이 모여들었다. 셋은 동시에 알 수 없는 표정을 짓다가 크게 웃었다.

"희수 너 취향 되게 이상하다!"

정아의 말을 듣고 나는 뭐라도 한마디 하지 않으면 안 될 것 같았다.

"그러게 말이야. 내 기억 속에 아련했던 첫사랑도 이제 저년 덕에 영원히 안녕이다."

한바탕 소란이 지나가고 분위기가 다소 가라앉았을 때 내가 조용히 말했다.

"나 있잖아, 우리 남편 정말 잘 고른 거 같아."

추연이 아직 가시지 않은 장난기로 말했다.

"아, 우리 희수 목포항으로 팔려갔음 어쩔 뻔했어. 다행이다, 다행이야."

다시 웃음이 터졌다. 나는 일부러 보란 듯이 더 크게 웃고 있는 얄미운 친구들을 흘겨볼 뿐이었다.

어느덧 창밖에 어둠이 내리기 시작했다. 다른 집들에 가려져 1층에서는 손바닥만 하게 보이는 바다도 푸른빛을 점점 잃어가고 있었다. 휴대폰을 열어 시각을 확인했다. 7시를 막 넘어서고 있었다. 비가 내리는 탓에 땅거미가 일찍 지는 모양이었다.

벌써 맥주 4병과 소주 1병을 비웠다. 술을 그다지 즐기지 않는 우리로서는 꽤 속도가 빠른 편이었다. 그렇다고 취기를 느낄 정도는 아니었다. 굳이 술의 힘을 빌리지 않아도, 일상과 현실이 요동치는 곳으로부터 멀리 떨어진 공간에서 친구들과 오붓하게 마주 앉아 있다는 사실만으로도 우리는 충분히 취할 수 있었다.

영미가 문득 정아를 보며 말했다.

"너는 어떻게 제주에 집을 살 생각을 했어?"

모두의 시선이 정아에게 쏠렸다. 정아가 소주를 담은 잔에 살짝 입술을 대고는 대답했다.

"평생 소처럼 일만 하다 보니까 나 혼자 쉴 곳이 갖고 싶어지더라. 마침 제주도에 부동산 붐이 일어날 때 회사 동료가

하마터면 엄마로 늙을 뻔했다

하나 산다고 하기에 같이 여기저기 구경 다니다가 결정했어. 친구 따라 제주 간 거지. 대출까지 받으면서 무리했는데, 그래도 잘한 것 같아."

정아는 친구들을 만날 때면 말투도 나긋나긋하고 조신하게 행동했다. 하지만 비즈니스로 통화할 때면 정아는 여장부로 돌변했다. 그때마다 우리는 정아의 어떤 모습이 진짜인지 헷갈리고는 했다. 정아도 자신의 두 얼굴을 알고 있는 듯, 어느 날에는 통화를 끝내고 나서 이렇게 말했다. "우아함은 잃고 돈을 얻었지."

남들보다 일찍 치열한 생활 전선에 뛰어들어 지금까지도 고군분투하는 정아를 볼 때마다 장하다고 생각하면서도 한편으로는 안쓰러웠다. 그런 정아에게 마음과 몸을 의탁할 세컨드 하우스가 생긴 건 축하할 일이었다. 반 이상은 대출해준 은행의 소유라고 해도 말이다.

"무슨 일이건 경쟁이 없는 곳은 없지. 보험 이쪽도 회장이랑 사장 명함 가진 고객이 늘어나면 실적에는 좋지만 감정 노동이 아주 심해져. 골프 같이 나가줘야지, 술친구도 돼줘야

하마터면 엄마로 늙을 뻔했다

지. 때론 이 짓까지 해야 하나 생각이 들기도 해."

거기서 술잔을 단숨에 비운 정아가 말을 이었다.

"아버지가 예전에 갖고 계시던 작은 아파트를 우리 신혼 때 물려주셨는데, 남편이 사업 말아먹는 동안에도 그건 끝까지 지켰어. 집값이 좀 올랐을 때 팔고 평수 늘려서 다시 샀지. 그때 서브프라임으로 집값 폭락하고 대출 받아서 집 산 사람들은 죄다 팔았는데 난 이를 악물고 버텼어."

아무도 말은 안 했지만 모두들 눈빛으로 정아를 응원했다. 추연이 정아의 잔에 술을 따른 뒤 나와 경옥의 잔에도 맥주를 채웠다.

영미가 나를 향해 말했다.

"난 희수가 갑자기 강남으로 이사해서 좀 놀랐어."

나는 집을 무리하게 늘려서 강남으로 진출하겠다는 생각을 해본 적이 없었다. 전에 살던 동네가 다리 하나만 건너면 곧장 강남이었기에 크게 필요성을 느끼지도 못했다. 하지만 강남으로의 접근성이 좋은 동네에 사는 것과 강남에 사는 것은 분명 다른 일이었다. 집안의 풍파를 막기 위한 어쩔 수 없는 결단이 나름 좋은 결과로 이어진 것은 천행이었다.

"그때 큰애 바로잡아주려고 혈안이 돼 있을 때라, 학군만 보고 강행했던 게 운때가 맞았던 거야. 지금 생각해보면, 전세로 먼저 보려고 했던 집이 바로 나가버려서 매매로 빈집을 보게 된 게 무슨 운명 같다니까. 대출도 집값 치를 정도까지 딱 맞춰졌고. 그런데 그때 우리 힘들었어. 대출금은 원점으로 돌아가고 물가도 세서."

나는 맥주 한 모금으로 목을 축인 뒤 말을 이었다.

"전에 살던 새 아파트는 늙어 죽을 때까지 평생 살 생각으로 장만한 집이었는데, 분양권을 사들인 거라 이미 프리미엄 다 붙어서 이익도 못 보고 팔았어. 우리 남편 그때 얼마 안 남은 대출금 다 갚으면 조바심 내지 않고 문화생활 맘껏 즐기면서 여유롭게 살고 싶었을 텐데."

남편은 입버릇처럼 몸도 마음도 좀 편하게 살고 싶다고 말하면서도 항상 다음을 대비했다. 나이 들어가는데 회사에서의 입지는 점점 좁아지고, 언제 후배들에게 밀려날지 몰랐기 때문이다.

하마터면 엄마로 늙을 뻔했다

'부모에게 물려받은 재산이 없어서 그런가, 울 남편은 늘 자식에게 희생하는 것보다는 노후 준비가 먼저라고 했어. 그런데도 자식 앞에서 장사 없는지, 결국에는 이사하자고 하더라. 수년간 많이 힘들 거라는 각오도 했어. 그리고 강남에 집을 사면 밑지지는 않을 거라는 믿음도 있었어."

정아가 내 말을 받았다.

"와, 대단하다, 희수 남편. 너네 부부 결국 자식 땜에 재산 불린 거네."

그러고는 내 등을 툭툭 치며 덧붙였다.

"뭔가 잃었다고만 생각하면 억울하기만 하잖아. 나중에 큰아들한테 절이라도 해."

딱히 순서를 정한 건 아니었지만, 분위기상 경옥의 차례였다. 경옥도 그걸 아는지 입을 열었다.

"시댁에 재산이 많다고 해서 나까지 편한 건 아니더라. 우리 시부모님 돈이 좀 있었거든. 그런데 우리 지금 하는 사업에 시댁에서는 한 푼도 안 대줬어. 둘째는 알아서 잘산다고 항상 큰아들 걱정만 했어. 아주버님한테는 거금을 턱턱 내주더라고. 대차게 말아먹어도 또 주고, 또 주고. 그런데 우리 남편 정말 대단해. 그런 부모에게 조금의 감정도 없어. 니들, 나더러 도인이라고 하는데, 진짜 도인은 우리 남편이야. 얼마 전에 시아버지가 치매 판정 받았는데, 자기가 모시고 싶대. 돈 그렇게 갖다 쓴 아주버님은 눈 하나 꿈쩍 안 하는데."

정아가 말했다.

"그랬구나. 치매시라면 실버타운에는 못 들어가시겠네."

추연이 그 말을 받았다.

"그래. 실버타운은 건강한 분들만 들어가니까."

경옥이 잠시 뜸을 들였다가 입을 열었다.

"사실 그전부터 알아봐드렸는데, 시어머니가 싫다고 하셨어. 거기의 커뮤니티나 시설을 다 이용할 자신이 없다고. 어쩌면 형님네 다 퍼주고 이젠 돈이 여의치 않으실 수도 있어."

정적 사이로 빗줄기가 유리창을 두드리는 소리가 크게 들려왔다. 쏴아아 하는 소리가 가슴을 적셨다. 빗소리 때문이었을까, 영미의 눈시울이 촉촉해졌다. 얼마 전 세상을 떠난 엄마 생각이 나서 그런 거라고 직감적으로 알아차렸다. 술자리

하마터면 엄마로 늙을 뻔했다

에서 우는 건 반칙이다. 하지만 친정 엄마 이야기가 나오면 굳이 술자리가 아니라도 눈가가 뜨거워질 수밖에 없다. 영미의 눈꼬리에 고여 있던 눈물이 기어이 볼을 타고 흘러내렸다.

"우리 시어머니, 친정 엄마가 아파서 누워 계실 때……."

목이 메는 듯 말소리가 끊겼다. 급기야 영미의 두 눈에서 펑펑 눈물이 솟구쳤다. 양쪽에 앉은 추연과 경옥이 영미의 등을 어루만졌다. 영미가 울먹이면서 말을 이었다.

"울 엄마 폐가 점점 악화하면서 숨쉬기를 너무 힘들어 하셨어. 얼마나 괴로우셨는지 나한테 만날 전화해서 살려달라고 했어. 그때마다 허겁지겁 병원으로 달려가는데 그때 시어머니가 나한테 뭐라고 한 줄 알아? 갈 사람은 빨리 가야지. 질질 끌지 말고……."

그 순간 우리는 모두 크게 한숨을 내쉬었다. 고통스러워하는 엄마를 그저 바라만 봐야 하는 딸에게 그토록 독한 말을 한 영미의 시어머니에게 화가 났다.

시
월
드

남편의 엄마라는 존재는
우리 엄마들이 핏줄 앞에서는
때때로 이기적일 수 있음을
상기시킨다.

혹시 며느리여서
설움을 겪은 기억이 있다면
그 일을 거울 삼아라.

시어머니의 자격을 누리기보다는
내 아이의 행복에 보탬이 되겠다는
마음으로 다가가라.

영미가 남편 흉을 보기 시작한 건 불과 몇 년 전부터다. 10년 전 반창회에서 오랜만에 만나 꾸준히 만나고 함께 여행하는 동안에도 영미는 남편 자랑을 아끼지 않았다. 영미가 하도 그러니까 골이 난 추연은 영미의 남편을 지칭할 때면 "너네 그 완벽한 남편 말이야."라는 식으로 비아냥거리기도 했다. 그런데도 영미는 추연의 말에 숨겨진 뼈를 알아차리지 못하고 칭찬으로만 받아들였다.

친구가 남편이랑 잘 지내면 분명 축하할 일이다. 하지만 그걸 너무 티내면 미움을 사게 된다. 우리는 영미가 자기 남편을 드높일 때마다 솔직히 배알이 꼬였다. 다른 친구들과는 달리 연애라는 과정을 거치지 않고 곧장 결혼에 골인한 일종의 열등감이 남편 자랑을 부추기는 것이라고 분석하기도 했다.

그래도 눈꼴 시린 건 잠깐이었다. 우정이 깊어지고 서로를 생각하는 마음이 커지면서 우리는 친구 잘되는 것을 진정으로 바라는 사이가 되었다. 공부 잘하는 아이들, 경제적인 풍요, 사회적으로 성공한 남편, 게다가 그 남편은 얼마 전까지도 아내의 칭송을 받지 않았던가. 많은 부분들이 영미의 결혼 생활 지표에 높은 점수를 주는 요소로 작용했다. 하지만 가슴에 멍이 드는 일이 없다면 그건 거짓말일 것이다. 어쩌면 영미는 그동안 시댁과의 불편한 관계를 남편 자랑으로 덮으려 했는지도 모른다. 특히나 시어머니의 그 말이 영미의 가슴에 한으로 맺힐 것 같다는 생각에 내 마음마저 멍드는 것 같았다.

저녁을 준비할 때만 해도 저녁 밥상 위에 어떤 화제가 오를지 우리는 몰랐다. 첫사랑의 기억으로 스타트를 끊을 때만 해도 어디 가서 할 수 없는 은밀한 이야기가 집을 떠나온 해방감과 칵테일 되어 내내 입에 오르내릴 줄 알았다. 하지만 우리가 살아온 날들의 애환이 타고 남은 재처럼 흐느적흐느적 주변을 떠돌았다. 내 마음을 알 리 없는 시부모, 언제나 가슴 시린 친정 엄마, 때로는 안쓰러운 남편, 손가락 사이로 빠져나가는 아이들, 그리고 그 속에서 색깔이 점점 옅어져가는 나……. 우울하고 싶지 않은데, 자꾸만 이야기가 그쪽으로 흘렀다.

"요즘 우리 남편 땜에 말이야……."

하마터면 엄마로 늙을 뻔했다

추연이 운을 뗐다.

"그 마마보이 땜에 내가 첩이 아닌가 싶을 때가 있어. 저럴 거면 지네 엄마랑 둘이 살지 왜 저럴까 싶기도 하고. 시어머니는 오십 넘은 아들이 아직도 어린애 같은가 봐. 내가 아들을 못 낳아서 그런 건가? 암튼 시어머니는 그렇다 치겠는데, '울 엄마' 소리 달고 사는 남편은 진짜 못 봐주겠어. 나이 들수록 주말마다 엄마 집에 가봐야 한다고 난리야. 요즘엔 너나 갔다오라고, 나는 힐 일 많다고 지꾸 일을 만들어."

"그래, 네가 왜 그렇게 취미 생활에 열심인가 궁금했어."

정아의 말을 살짝 흘리고 추연이 말을 이었다.

"결혼하자마자 자기 엄마 두고 나랑 유학은 어떻게 갔을까 몰라."

"신혼 때는 엄마가 안 보였겠지. 나이 들어서 권태기 오니까 효자로 돌아갔구먼."

경옥의 말을 부정할 수 없었는지 추연은 한숨을 내쉬며 고개를 끄덕이고는 말했다.

"그 짧은 유학 시절이 남편이랑 가장 행복한 한때였어. 우리 딸도 거기서 낳고 어떻게든 이 악물고 키워볼 걸. 여기에서 미용실에 취직하는 것보다는 조금은 나은 선택을 하지 않았을까? 요즘 남편이랑 따로국밥으로 사는 게 쓸쓸하면서도 점점 편해져. 나야말로 여기 내려와서 따로 살고 싶다."

추연과 유대가 남달랐던 나는 항상 추연의 남편에게 불만이 많았다. 같이 떠난 유학길에 조심성 없이 아내를 임신시킨 것이 그랬고, 그런 아내와 고통을 분담하지 않고 한국으로 돌려보낸 것도 책임 없어 보였다. 그뿐만이 아니었다. 추연이 바깥으로 나도는 이면에 꽁꽁 감추고 있는 진한 외로움을 엿보았기 때문이기도 했다. 나는 추연이 싫어하는 걸 알면서도 분통이 터질 때마다 그런 속내를 감추지 못했다.

"그러니까 지금 너 말고 다른 여자를 더 사랑하는 거네, 염병할."

내 입에서 험한 소리가 나올 때마다 추연은 가소롭다는 듯 웃음 짓고는 했다. 하지만 그때 추연은 웃지 않았다.

"시어머니랑 삼각관계라니, 다 같이 가서 머리채를 잡을 수도 없고."

하마터면 엄마로 늙을 뻔했다

연애가 소설이라면
결혼은 역사다.

연애는 실현되지 않은
이상과 기대를 바탕으로 이루어지는 반면
결혼은 판타지와 픽션이 배제된
현실을 재료로 하기 때문이다.

하지만 역사가
정해진 수순에 따라
수동적으로 흘러온 것이 아니라
예상할 수 없는 숱한 변수에 맞선
대중의 의지가 반영된 결과물이듯

결혼 역시
나날이 찾아오는 갖가지 문제에 대응하며
부부가 함께 써 내려가는
일종의 창작물이다.

결혼 생활을 어떻게 만드느냐,
가족의 삶을 어떤 이야기로 채우느냐는
순전히 부부의 의지에 달려 있다.

정아의 말에 추연은 일부러 소리 내어 허탈하게 웃었다.

그사이에 영미의 눈물샘은 멈추었지만 여전히 표정이 어두웠다. 경옥은 추연의 남편 험담에 끼어들 수 없어 멍하니 천장만 바라보았다. 정아는 팔짱을 낀 채 거실 창문 쪽으로 시선을 돌렸다. 나는 그런 친구들의 얼굴을 찬찬히 들여다보다가 말했다.

"야, 추연아. 너, 남편 빨리 뺏어와. 자꾸 그렇게 따로 놀면 안 좋아."

내내 입을 다물고 있던 경옥이 말했다.

"동의! 노력해, 추연아."

영미가 테이블 위의 술병을 하나하나 들어 보더니 말했다.

"술이 떨어졌네. 더 가져올게."

모든 것이
허용되는 시간

2층에서 무언가 덜컹거리는 소리가 들려왔다. 처음 타운하우스에 도착했을 때 우르르 몰려가 테라스에서 풍경을 감상하다가 문 닫는 걸 깜빡한 모양이었다. 정아가 문단속을 하러 2층으로 올라갔다. 잠시 소강상태가 되었다. 영미가 빈 접시는 바로 씻어야 한다며 설거지를 시작했다. 남은 친구들이 테이블을 정리했다. 주전부리할 것만 남겨놓고 그릇을 모두 치웠다.

시댁과 남편 이야기를 하다가 덫에 걸려버린 우리는 잠시 말을 잃었다. 나는 창문으로 걸어갔다. 조금 전까지만 해도 건물 사이로 희미하게 보이던 바다가 완전히 어둠에 잠겨 있었다. 9시를 막 넘어서고 있었다. 남편이랑 아이들이 저녁은 잘 해결했는지 살짝 걱정이 되었다. 남편에게 친구들 몰래 문자를 보내 안부를 물었다. 잘 챙겨먹었다는 답을 확인하고 휴대폰을 껐을 때, 경옥의 휴대폰이 울렸다.

경옥은 거실 한구석으로 걸어가면서 남편과 통화했다. 다른 친구들을 의식해서인지 용건만 간단히 끝내고는 소파에 가서 앉았다. 침체되었던 분위기를 반전시킬 야유 소리가 터졌다. 마침 1층으로 내려온 정아가 상황을 눈치 채고 웃으며 말했다.

"왜? 허전하시대? 완전 신혼이구먼."

"응, 허전하대. 날씨 때문에 걱정도 되고."

경옥은 쑥스러웠던지 충청도 사투리로 말했다.

"와, 대박! 어떡하냐? 완전 천연기념물 부부야."

"야, 그럴 것도 아니지. 얜 재혼이잖아. 아직 잠자리도 갖고. 그치?"

하마터면 엄마로 늙을 뻔했다

"정말? 주 2회는 해?"

"주 2회가 뭐야? 주 3회는 돼야지. 잘 해먹여?"

친구들의 쏟아지는 질문에 경옥이 크게 웃으며 말했다.

"아니, 왜들 이래? 너넨 안 해? 잘 해먹이지 않아도 잘해."

경옥은 뻔뻔해지기로 작전을 변경한 듯 막 웃어댔다. 그게 과장이든 아니든 아직 권태기가 오지 않은 건 확실해 보였다. 모두들 이 신선한 상황을 반기는 분위기였다.

"어느 집에서 그런다잖아. 전날 밤에 남편이 힘 좀 쓰면 다음 날 반찬이 달라진다고. 속 보여서 어떻게 그래?"

내가 진저리 치는 시늉을 하며 말했다.

다들 피식피식 웃었다. 권태기에 갱년기에, 우리로서는 좋을 것 하나 없는데도 이상하게 그 상황이 재미있었다.

"난 이제 남아대장부 다 된 듯. 남편한테 신경질만 늘고."

추연의 말을 내가 받았다.

"추연이 너도 그래? 나도 요즘 남편한테 버럭버럭해. 울 남편, 그때마다 깨갱깨갱이야."

경옥으로 인해 물고가 터진 잠자리 화제가 우리의 대화에 생기를 불어넣었다.

추연이 말했다.

"나 요즘 PT 받는데, 정말 맘에 들더라."

내가 깜짝 놀라서 물었다.

"트레이너?"

"싱싱하더라고."

"너 대화방에서 이런 얘기 하면 안 돼. 잡혀가."

"누가 기자 마누라 아니랄까 봐."

"그래서 대리만족 하는구나? 너 요즘 기분이 막 프레시하고 그래?"

"응, 괜히 콧노래도 나오고."

추연과 내가 주고받는 대화를 듣고 있던 정아가 가소롭다는 듯 코웃음을 쳤다.

"막상 자리 깔아주면 바람 한 개도 못 피울 년들이……. 그래, 그렇게라도 해야지. 그런 거라도 없으면 뭔 재미로 살겠니?"

영미와 경옥은 추연과 나의 대화가 흥미로운 듯 턱을 받친 채 귀를 기울이고 있었다. 하지만 정아의 말대로 우리 둘은 친구들의 기대치를 채워줄 만한 깜냥이 안 되었다. 정아가 말을 이었다.

"나, 호르몬 약 먹기 시작했어. 갱년기 증상 때문에. 일하는데 밤낮없이 얼굴에 열이 올라서 창피해 죽겠어. 남자 고객 만날 때 오해하면 어떡해, 풋."

영미가 맞장구를 쳤다.

"나도 그래. 별로 더위를 안 탔는데 이제는 겨울에도 작은 선풍기 옆에 두고 자."

추연이 풀 죽은 목소리로 말했다.

"에고, 내가 언제 여자였는지도 모르겠다. 30대 때는 남편이랑 부부싸움 할 때도 선을 지켜가면서 했거든. 화해를 핑계로 서로 안아주고. 그런데 싸움이 점점 과격해지고, 내 밑바닥을 다 보인 것 같아서 그 뒤로는 내가 먼저 요구를 못하겠더라고. 구차해 보일까 봐."

내가 보탰다.

"나도 신혼 때 생각나. 밤마다 저 사람이 오늘 생각이 있는 건지, 샤워를 미리 해야 하나 어쩌나 고민했어. 나 대체 왜 고민한 거니?"

경옥이 말했다.

"부부끼리 웬 밀당? 우리 오늘 할래? 그러면 되지."

영미가 말했다.

"우리가 구시대는 구시대인가 봐. 우리 엄마, 나 시집갈 때 여자가 너무 들이대지 말고 남자가 원할 때 받아주라고 그랬 어. 그게 나한테는 꽤 스트레스였어. 남편이 자기한테만 집중 하고 얼른 끝낼 때는 정말 기분 더러워. 내가 그거 대주는 도 구도 아니고."

제주도 바닷가 외딴 마을의 오붓한 공간, 비가 내리고 밤은 깊어갔다. 고등학교 2학년 때 처음 만나 질기게 인연을 이어 온 다섯 명의 친구가 함께 있었다. 어떤 이야기를 해도 용서 가 되고, 아무 이야기나 해도 부끄럽지 않은 그런 때가 있다 면, 바로 지금이었다.

정아가 이혼한 전남편 이야기를 꺼냈다.

"옛날에 그 인간이 누가 비아그라 몇 개를 줬는데 자존심

하마터면 엄마로 늙을 뻔했다

결혼이란
완전히 다른 두 세계의 결합.
그런 만큼 이질적인 요소들이
갈등을 일으키기 마련이다.

그런데도 어느 정도 시간이 지나면
상대를 잘 안다는 확신을 갖게 된다.
그런 확신이 반려자를 이해하는
가장 큰 걸림돌이다.

연애가 설레는 건
그 사람을 알고 싶어 하는 마음에
상대를 탐험하기 때문이다.

결혼도 마찬가지다.
부부 사이에도 미지의 영역이 있으니
지속적으로 반려자를 궁금해 하고,
끊임없이 상대를 탐험하라.

그러고도 알 수 없는 것이 사람의 마음.
완전히 알 수 없어도
완전히 이해할 수 없어도
완전히 공감할 수 없어도

완전히 사랑할 수 있다.

상해서 안 받았다는 거야. 웬 잘난 척인지. 돈 버는 능력 없으면 그거라도 잘하던가."

조금씩 낡고 시들어가는 관계와 삶의 단면을 엿보았기 때문일까? 웃음이 터져야 할 타이밍인데, 아무도 웃지 않았다. 어쩌면 농담거리로 즐기던 주제의 정곡을 정아가 찔러버렸기 때문인지도 몰랐다. 친구들의 반응이 뜨뜻미지근하자 머쓱해진 정아가 다소 공격적으로 물었다.

"니들 좋기는 한 거야? 느껴는 봤어?"

내가 먼저 입을 열었다.

"언제적 얘기야? 젊을 땐 뭐가 뭔지 잘 모르다가 좀 알려고 할 때 부부관계가 뜸해졌는데. 너무 금방 끝나서 알 수가 있어야지."

추연이 뒤를 이었다.

"남자들 다 비슷비슷해. 남편한테 나도 좀 존중해달라고 했더니 울 남편이 그러더라. 남자들끼리 술 먹다가 서로 물어본 적 있는데, 다 비슷하다고."

나는 힘없이 대꾸했다.

"그래, 지금은 다 초월할 때야."

영미가 말했다.

"나는 얼떨결에 느낀 적이 있어. 오랜만에 잠자리를 가졌는데 '이게 그건가?' 싶더라고. 딱 그때뿐이었어. 그 뒤로는 그냥 되는 둥 마는 둥. 에로 영화에서 막 소리 지르고 그러는 거, 그거 다 거짓부렁인가 봐."

경옥이 끼어들었다.

"그때부터라도 제대로 좀 해보지 그랬어."

경옥의 말은 내가 받았다.

"그게 그렇게 쉬운 게 아냐. 분위기가 살아야 하는데, 애들 있는 집에서 그게 되겠어?"

그때 정아가 무언가를 안다는 듯 단호하게 말했다.

"호텔에 가."

우리의 시선이 쏠리자 정아가 말을 이었다.

"되게 적극적인 부부들은 아이들이 커갈 때 주기적으로 호텔을 잡는대. 실제로 호텔에서는 분위기도 살고, 관계도 아주 좋아진다더라."

"금방 끝나면 돈 아까워서 어떡해."

내가 장난스럽게 말하자, 경옥이 웃으며 받아주었다.

"돈 아까우면 집에서 주구장창 노력해야지, 뭐."

추연이 말했다.

"그게 성^性을 터부시하지 않아야 가능한데 말이야."

영미가 말했다.

"그쪽으로 대화를 해보지 않아서 가치관이 같은지 확인이 안 돼."

추연이 고개를 저었다.

"아휴, 안 하고 말지."

정아가 의미심장한 표정으로 입을 열었다.

"회사 후배가 나한테 보조 도구를 선물해준다는 거야. 혼자 사는 여자들, 너무 안 해도 병 생긴다며."

영미가 소리쳤다.

"꺅, 그런 게 진짜 있구나. 받았어?"

"보내보라 그랬어. 어떻게 생겼는지 궁금해서. 요즘 홍대 입구에 그런 숍이 많이 생겼대. 어느 60대 고객이 귀띔해줬는데, 50대 때보다 요즘이 더 좋다는 거야. 그 집 아저씨 키가 아담하셔. 나보고 하는 말이 마른 장작이 더 잘 탄다나."

다시 영미.

"우리는 지금도 이러고 사는데, 60대에?"

정아가 목소리를 높였다.

"니들 너무 일찍 포기한 거 아냐? 노력해, 노력!"

내가 고개를 저었다.

"이미 글렀어. 난 40대 때부터 내 안에 있는 여자로서의 수명이 끝나간다는 생각에 참 슬펐어. 마치 임종을 앞둔 사람처럼."

분위기가 숙연해져서 나는 다시 장난스럽게 말을 이었다.

"제대로 써보지도 못하고 아끼다 똥 된겨."

경옥이 말했다.

"야, 웃프다. 그만해."

추연과 영미, 나는 자조 섞인 웃음을 지었다. 맹렬하던 우리의 대화도 거기서 잠시 멈추었다.

돌이켜보면 큰아이가 태어난 서른 무렵부터 남편과의 잠자리가 급격히 줄어들었다. 아이들이 한창 클 때에는 이렇게 생각했다. 잠시 미루어두는 거라고. 하지만 이제는 나도 남편도 길을 잃었다. 어느 한 사람이 먼저 그 길을 찾아 나서려고도 하지 않는다. 그저 흘러가는 세월을 무심히 바라보듯 내 안에 있는 여자도 보내줄 수밖에.

내가 한창 생산을 해야 할 나이 때는 우주의 섭리처럼 한 날에 한 번씩 꼭 성욕이 생겼다. 생명을 만들 수 있는 시기라는 걸 내 몸이 귀신같이 알았던 것이다. 그럴 때는 내가 먼저 남편에게 안기고 싶었다. 내가 예쁘고 젊을 때였다. 그렇게 아드레날린이 왕성할 때도 꼭 쾌감만을 좇지는 않았다. 서로의 감정에 더 가치를 두었다. 한 이불 속에서 입술을 포개고 살을 부비는 것 자체만으로도 충분히 교감을 나누었으니까. 하지만 이제는 그럴 만한 명목도 이유도 없어졌다.

내가 생각에 빠져 있는 사이 추연이 입을 열어 침묵을 깼다.

"부부 생활에 대한 불만이 체념으로 바뀐 지는 이미 오래됐어. 거기에 크게 목매고 싶지도 않아. 내가 남편한테서 정신

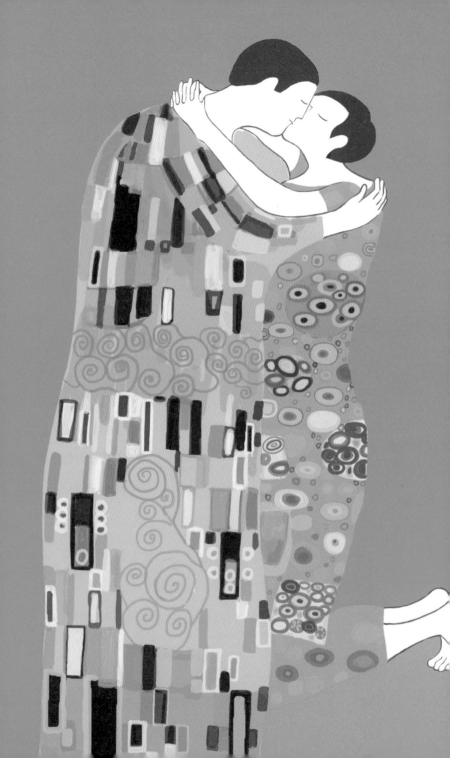

적으로 많이 독립하는 계기도 됐고."

영미가 말했다.

"사실 우리의 이 권태기를 남편한테만 뭐라 할 수도 없어. 한창 애들 키울 때는 핀트가 하나도 안 맞았잖아. 남편이 원할 땐 내가 싫었고, 어쩌다 내 몸이 반응할 때면 남편이 지쳐 있었으니까. 마누라한테 번번이 거절당하면서 자존심도 많이 상했을 거야. 한창 사회에서 인정받으려고 고군분투할 때에 가족 먹여 살리려고 이중삼중으로 애썼으니, 성욕이 줄면 줄었지 늘진 않겠지. 그것도 지겨운 마누라랑."

추연이 다시 받았다.

"맞아. 슬슬 각방 쓸 준비를 했으면 했지, 노력은 무슨. 남편 숨 쉬는 소리도 시끄러워서 잠을 못 자겠는데."

정아도 끼어들었다.

"성욕과 식욕은 서로 상관관계에 있다는데, 내가 요즘 욕구 불만이어서 살이 찌는 건가? 식탐이 늘고 있어."

추연이 정아에게 말했다.

"정아야, 너 아직 괜찮아. 남자 만나라. 왕성한 여자들은 남편 있어도 남친 만든다는데, 넌 자유잖아."

"누굴 믿고? 사람을 하도 만나니까 다 돈줄로만 보이지 느낌이 안 와."

영미가 말했다.

"요즘 중년들한테 남친여친이 뭐 하루 이틀 이야긴가. 우리가 정말 순진하고 착하게 사는 거지."

내가 말했다.

"에이, 우리 남편은 여친 못 만들어, 그 정력으로는. 마누라니까 서로 등 긁어주면서 사는 거지."

추연이 말했다.

"어머 앤 철석같이 믿고 있네. 다른 여자한테는 잘할지 어떻게 알아?"

그러자 영미도 보탰다.

"나도 한때는 어디 숨겨놓은 애인이 있는 거 아닌가 의심한 적 있어. 나한테 잘해줄 때는 오히려 더. 지금은 궁금하지도 않아. 만약 애인이 있다면 그저 나만 모르게 처신해주었으면 좋겠어."

우리의 대화를 듣고 있던 경옥이 단호한 음성으로 말했다.

"맘에 없는 소리들 하고 있네!"

우리는 큰언니한테 야단맞은 동생들처럼 멋쩍은 표정을 지었다.

"워워, 그만. 이만하면 우리, 아주 잘살고 있는 거야. 내가 볼 때 너네들 말은 그렇게 해도 남편 사랑하는 거 다 보여. 남편들도 그만하면 훌륭하고."

경옥이 나머지 친구들의 얼굴을 하나하나 들여다본 뒤에 말을 이었다.

"옛날엔 백만장자가 어마어마한 부자였잖아. 백만 달러면 한 10억 되나? 요즘 봐봐. 웬만한 서울 아파트는 다 10억 넘는다며? 너네들 지금 세계 상위 1프로 안에 드는 부자들인 거 몰라?"

영미가 대답했다.

"어머, 그러네. 그렇게 생각하니까 마음이 좀 가라앉는다."

추연이 언젠가 정아가 했던 말에 빗대어 말했다.

"성욕을 잃고 돈을 얻었네."

다들 씁쓸하게 웃었다. 경옥이 말했다.

"건강 잘 지키고 큰 욕심 내지 말고 살아. 세상을 다 가질
순 없잖아."

마음에 안 드는 결론이었다. 하지만 맞는 말이었다.

하마터면 엄마로 늙을 뻔했다

재
산

돈은 최고의 하인이자
최악의 주인이다.

내가 돈을 부릴 때는
즐겁고 행복하지만,
돈을 섬기기 시작하면
고통이 따르는 법.

인생의 어느 지점에 이르면
하고 싶은 일, 이루고 싶은 것에 집중하라.

돈을 더 모을 궁리를 하기보다는
돈을 쓸 계획을 세워라.

추하지 않고
아름답게 나이 먹기

나의 바람과는 달리 큰아이는 검정고시를 치르지 않고 음악에만 몰두했다. 그 5년의 시간 동안 자신이 살아가면서 가졌던 셀 수 없는 감정들을 끊임없이 가사로 써 내려갔다. 음악을 통해 삶에 대한 답을 찾아나가는 것 같았다. 노래 제목을 한 장의 그림으로 표현하여 음악 플랫폼에 음원과 같이 올리기도 했다. 나는 그나마 큰아이가 더 이상 패배감을 갖지 않고 외톨이로 지내지 않는 것에 마음이 놓였다.

아이가 쓴 가사는 백 마디의 말보다도 자신의 내면을 잘 드러냈다. 그리고 나에게는 아이의 마음 상태를 이해하는 통로가 되어주었다. 어둡고 우울한 시간을 지나 조금씩 삶의 긍정적인 면을 바라보게 되었음을 아이의 가사를 통해 확인할 수 있었다. 아이는 무언가를 만들어내고 그 결과물을 내보이고 공연을 기획하고 무대 위에 서는 제 나름의 방식으로 세상을 여행하고 있었다. 다른 사람들처럼 평범하고 순탄하게 살아가길 바라는 마음이 완전히 사라진 것은 아니지만, 나는 큰아이가 살아가는 모습을 받아들이게 되었다.

그사이에 영미와 나의 둘째 아이들은 수능 시험을 치렀다. 중학교 때부터 공부를 곧잘 했던 둘째는 명문대에 합격했다. 영미의 아들도 무난하게 서울의 좋은 대학에 들어갔다. 영미와 나를 끝으로 우리 친구들은 모두 입시 뒷바라지를 졸업하게 되었다. 둘째가 명문대에 들어가서 내 맘속의 깊은 상실감이 치유되는 듯했지만, 그것은 아주 잠깐이었다. 까닭을 알 수 없는 허탈감이 밀려왔다.

우리는 어느덧 오십대 중반을 향해 가고 있었다. 아이의 합격 발표가 난 뒤에 찾아온 그 허망함의 정체를 찾아야 했다.

하마터면 엄마로 늙을 뻔했다

목표를 위해 달린 당사자는 아이들이었지 우리가 아니었다. 그런데도 그렇게나 우리는 숨이 가빴고 입시에서 해방된 날, 텅 빈 경기장에 홀로 남겨진 듯한 공허함에 사로잡혔다. 아이가 입시에 성공하기만 하면 거머쥘 수 있을 것 같았던 보상과 훈장 따위는 없었다. 희생이라는 허울을 뒤집어쓰고 자식을 욕망의 대상으로 여겼던 건 아닌지, 일찍 집 안에 들어앉아야 했던 나의 꺾인 꿈을 자식의 성공에 투영하고자 했던 건 아닌지 의구심이 뒤따랐다.

시간이 조금 더 지나고 내가 지나온 시간을 돌이켜보는 동안 하나의 깨달음이 찾아왔다. 엄마라는 존재의 성취감은 아이들을 챙기고 지원하고 끌어주었던 그 모든 순간과 세월 속에 알알이 녹아 있다는 사실을. 결코 아이들이 들어간 대학의 이름이 전부일 수는 없었다. 나는 지난날의 힘겨움을 일거에 해소해주고 벅찬 감동이 찾아올 결정적 순간이 오리라고 기대하며 존재하지도 않는 골인 지점을 향해 달려갔던 것이다. 아이들과 함께하며 가졌던 그 작은 기쁨과 보람들이 모두 결정직 순간이었음을 잊은 채 말이다.

영미는 큰아이를 대학에 들여보냈을 때처럼 이번에도 아 팠다. 큰 역할이 갑자기 사라지고 긴장의 끈을 놓은 탓이라 고 여겼지만 아니었다. 난소의 혹을 발견한 지 몇 달 만에 수 술을 하지 않으면 안 될 만큼 크게 자라 결국 난소 제거 수술 을 받아야 했다. 꼭 입시 뒷바라지가 아니어도 다들 몸에 이 상 신호가 오기 시작할 나이였다. 정아는 이석증 때문에 한 동안 일을 못했다.

30대였을 때 우리는 남편과 연애하던 마음을 간직한 채 육 아에 정성을 다했다. 살림이 넉넉하지 않았지만 아이들이 무 럭무럭 자라는 것을 보는 것만으로도 행복했다. 한 명의 인간 으로서, 여성으로서의 삶을 기꺼이 내놓았다. 내 아이들에게 는 내가 자라면서 받았던 애정과 지원 그 이상을 해주고 싶 었다. 그때는 아플 새도 없었다.

어느 날 정신을 차려보니, 우리는 중년으로 건너가는 배 위 에 있었다. 마음의 준비를 하지 못한 채 그 배에 올랐고, 다시 는 돌이킬 수 없는 순간들이 멀어지는 것을 속절없이 바라보 아야만 했다. 그래도 아직은 젊다고 여겼던 30대의 끝자락을

하마터면 엄마로 늙을 뻔했다

지나면서 우리는 우울을 맛보았다.

사람 나이 마흔을 넘기면 환경과 생각이 좀 여유로워진다더니, 그게 아니었다. 사십대는 우울할 여유조차 없을 만큼 바빴다. 마흔을 불혹不惑이라고 표현한 이유를 그제야 알았다. 남편과 나는 아이들이 잘 자라고 잘 배우도록 토대를 만들어주느라 빠짝 긴장한 탓에 어디에 흔들리거나 미혹된다는 것은 생각할 수도 없었다. 그렇게 우리의 사십대는 삼십대보다 훨씬 빠르고 허무하게 지나가버렸다.

나도, 내 친구들도 자신이 추구했던 삶의 궤도에서 너무 멀어져버렸다는 사실을 알고 있었다. 때로는 끝나지 않을 것 같은 사십대라는 시간의 터널 속에서 앞으로 나아가지도 못하고 뒤로 물러날 수도 없어서 그저 주저앉아 있기도 했다. 하지만 다행히 우리는 혼자가 아니었다. 하루에도 열두 번씩 치솟는 감정을 나눌 수 있는 친구가 있다는 건 커다란 축복이었다. 혼자였다면 너무나 힘들었을 마흔아홉 깔딱 고개를 함께 넘었다.

조금은 평탄해진 길을 걸으며 이제 한 시름 놓나 했지만,

하마터면 엄마로 늙을 뻔했다

단단히 움켜쥐려고 하면
손가락 사이로 많은 것이 빠져나가서
결국에는 남는 것이 별로 없고,
편안하게 오므리면
오히려 넉넉히 담을 수 있다.

인생은 결코
내 뜻대로 되지 않는 것,
이제는 힘을 빼고 편안하게
물살에 몸을 맡길 때.

삶이라는 여행은 우리를
때때로 의외의 장소로 데려다놓지만
결말이 정해져 있지 않기에
인생은 흥미롭다.

무엇이 찾아올지,
어디로 향할지
설레는 마음으로 하루를 살라.

계획을 세우지 않았다고,
계획한 대로 되지 않았다고 해서
무의미한 시간은 아니니,

길을 잃은 뒤에야
여행은 새롭게 시작된다.

우리 앞에는 다른 일들이 놓여 있었다. 하나둘 부모님과 이별하기 시작했고, 이제는 우리의 몸부터 안녕한지 늘 살펴야 할 때가 왔다.

비가 그친 틈에 산책을 나갔다. 습기를 머금은 촉촉한 공기가 얼굴에 닿는 느낌이 좋았다. 먹구름이 물러가는 듯 별들이 모습을 드러냈다가 숨기를 반복했다.

정아와 추연, 경옥이 앞서 걸어가고, 나는 영미와 나란히 걸었다. 영미가 말했다.

"네 큰아들 노래 가끔 들어. 좋더라."

큰아이는 곡을 완성할 때마다 내게 보내주었다. 자기가 완성한 곡의 첫 감상자로 엄마를 선택해주는 것이 항상 고마웠다. 나는 그걸 다시 친구들과의 단체 대화방에 올렸다. 영미에게 음악적 감수성이 있었던 것인지, 그때마다 영미는 정성스럽게 노래를 듣고 나름의 감상을 들려주었다.

"고마워. 그런데 현실적인 울 남편은 언제까지 지 하고 싶은 것만 하면서 살 거냐고 걱정이 많아."

내 말에 영미가 대꾸했다.

"그 나이여서 할 수 있는 일이잖아. 계속 그 길을 갈지, 아니면 다른 가능성을 찾을지 결국엔 답을 찾을 거야."

"음악을 통해 자존감을 많이 회복한 것 같기는 해. 근데 음악이 정말 울 아들 삶의 전부일까?"

"인생이라는 게 늘 그 기로에서 하나를 선택하는 게임 같아. 그런데 지나보니까 그때 그걸 선택하지 않아서 후회한 일보다는 선택한 것을 열심히 해보지 않아서 후회스러운 게 더 많은 것 같아."

내가 잠시 침묵을 지키자, 영미가 말을 이었다.

"누구나 후회 한 가지씩은 다 있잖아. 네 큰아들만큼은 하고 싶을 때까지 해보라고 해."

영미가 휴대폰에 저장해놓은 큰아이의 노래를 틀었다. 캄캄한 밤길을 내 아이의 노랫소리가 채웠다. 앞서가던 세 친구가 노랫소리를 듣고 영미와 내 쪽으로 모여들었다.

멀리 희미하게 검은 바다가 보였다. 길은 하루 종일 내린 비

하마터면 엄마로 늙을 뻔했다

로 젖어 있었고, 사방을 캄캄한 어둠이 감싸고 있었다. 바다까지 가기에는 무리였다. 추연이 찰방찰방 소리를 내면서 발로 고여 있는 물을 찼다. 경옥이 말했다.

"바다가 차로 5분 거리에 있다니, 여기는 요양하기에도 딱 좋네."

정아가 말했다.

"누가 챙겨주는 사람이 있어야 요양이지. 밥하기 싫어."

친정 엄마의 기억력 훈련을 위해 매일 화상 통화를 한다던 추연의 말이 떠올라서 내가 물었다.

"추연아, 너네 엄마는 좀 어떠시니? 우리 엄마도 요즘 한 번 물어본 거 5분도 안 돼서 또 물어본다. 그럴 때마다 가슴이 철렁거려. 아무래도 인지 장애랑 치매 경계선에 있는 것 같아."

"그래? 노인 우울증이 치매로 많이 발전한대. 나도 우리 엄마 신경질 늘고 그래서 마음이 아파. 가능하면 말 많이 시키는 거 매일 하려고 하는데, 쉽지는 않아."

"내 친구 효녀네. 나도 신경 써야겠다. 엄마들, 치매로 돌아가시지 말아야 할 텐데."

경옥이 내 등을 두드리며 말했다.

"그래, 엄마들이 건강하게 사셔야 할 텐데. 우리 엄마도 아버지 돌아가신 뒤로 부쩍 말수가 적어지고 부엌일도 잘 안 하셔. 그게 시그널일 수도 있다는데. 노인들은 치매 안 걸리게 뭐든 많이 생각하고 움직여야 해."

나는 갑자기 어릴 적 엄마의 모습이 떠올랐다.

"내가 고등학교 다닐 때 울 엄마 진짜 억새풀 같았어. 아빠한테 구박받으면서도 억척스럽게 집안의 힘든 일 혼자 다 하고. 근데 생각해보니까, 그때 엄마 나이가 지금의 내 나이더라."

내 기억 속에서 그때의 엄마는 나이 육십이 훨씬 넘은 늙은이였다. 이런 기억의 왜곡이 왜 생기는 걸까? 같은 나이에 이른 그때의 엄마와 나는 같은 연배의 여자이지만, 딸과 엄마라는 관계가 엄마를 더욱 늙게 기억하게 만든 것인지도 모른다. 철없는 딸은 저 살기 바빠 엄마의 인생은 안중에도 없었다. 이렇게 갱년기를 맞고 나서야 비로소 그때의 엄마를 생각하게 되었다.

하마터면 엄마로 늙을 뻔했다

내가 말을 이었다.

"우리가 지금 마음만은 소녀이듯이 그때 우리 엄마도 그랬을 거야. 그땐 갱년기 증상이 무엇인지 몰라서 엄마가 왜 만날 채신머리없이 윗도리를 홀랑홀랑 벗는지 이해를 못했는데."

"다들 자기 인생 열심히 사느라 그런 거지. 엄마 기력이 떨어지면 딸들이 지켜줘야 해. 너네들이 부럽다. 살아 계실 때 잘해드려."

엄마를 먼저 보낸 엉미가 말했다.

우리는 저 멀리 어둠에 묻혀 있는 바다를 응시했다. 치매에 걸리면 내 삶도 저렇게 어둠으로 가득 차겠지. 나이를 먹는 건 어쩔 수 없지만 건강하고 현명하게 늙고 싶다는 바람이 간절했다.

"그만 들어가자."

경옥의 말에 모두 발걸음을 돌렸다. 바다의 물결 소리가 우리의 등을 토닥였다.

정아가 거실의 유리문을 활짝 열었다. 시원한 바람이 들어왔다. 조금 전보다는 눅눅한 기운이 덜 묻어났다.

"이제 비가 완전히 그치려나 봐."

정아가 혼잣말을 하듯 중얼거렸다. 영미가 그 말에 대꾸했다.

"내일은 제주 관광 제대로 하겠다."

거실의 테이블을 치웠다. 그런데 추연이 맥주 몇 병을 냉장고에서 꺼내왔다. 영미가 기겁했다.

"또 마셔? 내일도 생각해야지."

추연이 씩 웃으며 말했다.

"내일 누구 챙겨야 할 걱정도 없잖아."

추연은 일부러 펑 소리가 나도록 맥주를 땄다. 그러고는 맥주잔을 내밀었다. 그 맥주잔은 내가 받았다. 정아도 추연이 가지고 온 잔을 집어 들었다.

"벌써 1시네. 나 이러다 잠들어도 뭐라 하지 마."

영미는 졸음에 겨워하면서도 침실로 가지 않고 벽에 머리를 기댔다. 다른 친구들도 얼굴에 피로가 완연한데도 시간이 아까운지 잠을 청하지 못했다.

"몸이 힘들긴 하다. 우리 많이 늙었어. 그치?"

특히 영미는 난소 제거 수술을 한 뒤로 몸에 기운이 없다고 했다. 정아가 영미에게 물었다.

"혹만 떼어낼 수는 없었어?"

영미가 눈을 감은 채로 대답했다.

"혹이 한 달에 1센티미터씩 자라서 금방 5센티가 됐는데, 아예 한쪽 난소를 제거하는 게 낫겠다는 거야. 여성 호르몬이 나오면 자궁 내막염이 더 커진대서 호르몬 억제하는 약까지 먹었더니 몸이 영 밸런스가 안 맞는 것 같고 이상해."

정아가 이번에는 추연에게 물었다.

"추연이 너도 그때 자궁 근종 있다 그랬지?"

"폐경 되고 나니까 더 이상은 안 자라. 계속 추적 관찰해 봐야지."

이번에는 내가 정아에게 물었다.

"정아 너, 이석증은 어때?"

"한동안 천장이 빙글빙글 돌아서 침대에서 못 일어났지. 비

타민 D 부족이면 그렇다니까 너네들도 열심히 챙겨먹어. 건강 검진은 꾸준히 하지?"

내가 대답했다.

"응. 몇 년 전 건강 검진했을 때 유방에 석회질이 보여서 조직 검사를 했는데 암은 아니었어. 그게 암이면 완전 초기여도 가슴을 도려내야 한다고 겁을 주더라고. 검사하는 동안 나, 고문당하는 줄 알았어. 조직 떼어낼 부위 위치 잡는다고 바늘을 찌르는데, 마취도 안 하고 맨 정신에 막 찌르더라고. 피가 철철 나고 난리도 아니었다니까."

"그래도 할 건 해야지. 안 그럼 불안해서 못 살잖아."

"그러게. 조직 검사 하나 하는 것도 그렇게 힘든데, 내 중학교 친구는 유방암 초기에 발견해서 수술 받고 항암 치료까지 다 끝낸 애도 있어. 이젠 몸의 신호 무시하지 말고 정기적인 검진이 답인 거 같아."

질문이 릴레이로 이어졌다. 이번에는 추연이 경옥에게 물었다.

"경옥이 너 심장은 괜찮은 거야? 그때 수술 받고 완전히

하마터면 엄마로 늙을 뻔했다

나은 거지?"

"응. 옛날에 숨 몰아쉬고 그럴 땐 평지도 잘 못 걸을 정도로 정말 괴로웠는데, 굵은 혈관 몇 개 막아주는 것만으로도 숨 쉬기가 훨씬 편해지더라. 예후가 좋아서 수술 후에 먹는 약도 이제는 안 먹고 지내."

"다행이다. 그래도 조심해. 스트레스 받지 말고."

우리는 40대 중반부터 이미 무릎이 시큰거린다는 등의 이야기를 간간이 했다. 손가락과 손목에 통증이 나타나기 시작했고, 오십견은 거의 기본적으로 앓고 지나갔다. 추연은 작년에 혈뇨와 혈변 때문에 암 검사를 했단다. 몸에 문제가 생기고 큰 병이 와도 이상할 것이 없는 나이였다. 이러다가는 병원 신세 지는 이야기가 우리의 주요 화제가 될 것 같았다.

내가 말했다.

"언젠가 우연히 죽음을 주제로 한 웹툰을 본 적 있어. 거기에도 절친 다섯 명이 등장하는데, 나이 들어 하나둘 세상을 떠나 저세상으로 갔어. 그동안 외모는 점점 주름투성이에 백발로 변하고, 이승에서 친구들이 함께 찍는 사진 속 인물이

네 명, 세 명, 두 명으로 줄어들었지. 마지막 한 명이 남아 있다가 저승으로 갔어. 근데 거기에서도 친구들이 사진을 찍고 있는 거야. 이승과는 정반대로 한 명에서 두 명, 세 명, 네 명으로 늘었고, 마침내 다섯 명의 단체 사진이 완성되었어."

내 이야기에 다들 숙연해졌다. 추연이 마지막 맥주를 끝까지 비우고는 말했다.

"누가 가장 오랫동안 남을 거 같아? 번호 정해봐."

내가 대답했다.

"난 니들 보내고 남는 게 더 힘들 거 같아. 먼저 죽고 싶어."

"너 같은 년들이 벽에 똥칠할 때까지 산다. 두고 봐라."

추연의 악담에 모두 웃음이 터졌다.

아버지를 떠나보냈고 친구들 부모님도 하나둘 세상을 떠났지만, 나에게 죽음은 아직 비현실적으로 다가왔다. 그래서인지 언젠가 넘어서야 할 그 삶의 마지막 과정이 닥쳐온다 해도 크게 두렵거나 슬플 것 같지도 않았다. 하지만 요즘에 와서야 나는 문득 생각하게 된 것이 하나 있었다. 왜 그렇게 우리 부모 세대가 제사에 목을 맸는지 어렴풋이 그 이유를 알

밤이 평안하기 위해서는
하루를 잘살아야 한다.

잠자리에 누워 잠을 청하는데도
곤히 잠들지 못하고 뒤척이는 이유는
낮 동안의 근심을 내려놓지 못했기 때문이다.

잘 보낸 하루의 끝에 찾아오는
고독하고 어두운 밤은
외로움이 시작되는 시간이 아니라,
내밀한 충만으로 채워진다.

더 가지려 했으나 멈추고 만 인생에는
탐욕이 재로 남아 더러운 자국을 남기지만,
꿈을 향해 걷다가 멈춘 인생에는
또렷한 발자취가 새겨져
그를 기억하게 만든다.

하루를 잘살았다면
그 하루의 몫을 다한 것이다.
하루를 충만하고 행복하게 보낸 사람의 밤에
어찌 후회와 미련이 남을 수 있겠는가.

낮의 좋은 기억들이
밤까지 이어지려니,
그는 행복한 꿈을 꾸며
생을 다시 시작한다.

게 된 것이다. 세상을 떠난 이의 혼령이 이승의 후손에게 무슨 영향을 미친다고 그렇게 지극정성으로 음식을 장만하고 상을 차렸는지 말이다.

그것은 자신의 죽음을 준비하는 일이었다. 기일에 누군가를 기억하는 것은 그 오랜 전통 속에서 자신 역시 오래토록 기억되기를 바라는 마음 때문이 아니었을까. 죽음으로 인해 나라는 존재가 사라지는 것은 얼마든지 받아들일 수 있지만, 기쁘고 아팠고 즐기었고 슬펐던 그 순간의 모든 기억들이 나의 죽음과 함께 묻히고 나 역시 잊힌 존재로 소멸될 것을 생각하자 가슴이 아렸다.

다행히 나와 남편에게는 아이들이 있었다. 녹록치 않은 현실 속에서 즐거울 때나 힘들 때 낡은 사진을 꺼내 보듯 아이들은 이 엄마를 떠올리겠지. 그제야 마음이 조금 놓였다. 다른 것은 다 사라지더라도 큰아이와 작은아이를 향한 엄마의 사랑만큼은 시간이 아무리 지나도 그들의 가슴 속에 살아 있기를 진심으로 바랐다. 그것이면 충분했다.

"아무튼 이승의 마지막 친구와 저승에 처음 간 친구가 부디 너무 오래 혼자 있지 않기를."

추연이 말했다. 경옥이 미소를 지으며 추연의 말을 받았다.

"저세상에서 다시 만나는 것도 좋지만, 될 수 있으면 이승에서 더 자주 보자."

정아가 말했다.

"그래. 우리 많이 살아도 고작해야 20~30년이다. 멀쩡히 다닐 수 있는 건 15년 정도밖에 안 될 걸. 이제부터 우리, 1년에 두 번씩 여행 다니자."

잘 죽기 위해서는 잘살아야 한다. 큰 미련을 남기거나 후회가 넘치지 않도록 살아 있는 동안에 크게 욕심 내지 않으면서 작고 소소한 것들을 하나씩 이루어가는 것, 그게 잘사는 방법이다. 그렇게 살 수 있다면 마지막 눈을 감는 순간에 한이 남지는 않을 것 같았다.

"앞으로 어떻게 살지 생각해봤어? 하나씩 말해봐."

내 말에 잠든 줄 알았던 영미가 마치 잠꼬대를 하듯 말했다.

하마터면 엄마로 늙을 뻔했다

"난 아직 그런 게 없어. 일단은 내 몸을 잘 돌볼 거야. 그러고 나서 우리 네 식구가 같이 할 수 있는 걸 만들어볼래. 우리 애들이랑 골프 배워서 남편 따라 필드에 나가보는 것도 좋을 것 같아. 골프 여행이란 것도 한번 해보고."

경옥이 입을 열었다.

"난 딱 지금처럼만 살 수 있으면 더 바랄 게 없겠어. 텃밭 일구고 외로운 사람들 도우면서 이렇게 살다가 나의 노년을 건강한 눈으로 바라보고 싶어. 그러다가 내가 키운 나무 밑의 한 줌 흙으로 돌아갈래."

정아 차례였다.

"난 사실 이미 버킷리스트를 작성했어. 1순위는 하나밖에 없는 울 아들과 해외여행 떠나는 거. 물론 그전에 아들한테 좋은 짝이 생기면 양보할 수 있어."

정아의 말에 추연이 토를 달았다.

"네 아들보다는 정아 너한테 좋은 사람 생기는 게 1순위야."

추연의 말에 정아는 가볍게 웃음을 지었다.

추연이 물었다.

"희수 너는?"

"나는 꾸준히 책을 만들고 싶어. 언젠가는 일러스트 작가들과도 교류하면서 더 배우고 싶어."

묻지도 않았는데, 추연이 말했다.

"나는 지금 하고 있는 거에 한 열 가지는 더 해야 할 거 같아. 아직 하고 싶은 게 쌓여 있어. 일단 올 여름엔 윈드서핑! 새로운 거 시작할 때마다 얘기해줄게."

영미가 낮게 코를 골기 시작했다. 경옥이 영미를 일으켜서 같이 침실로 향했다. 정아는 어느새 소파에 엎드린 채 잠들어 있었다.

추연은 미련이 남은 듯 빈 맥주병을 거꾸로 세워 남은 술로 혀를 적셨다. 나는 추연과 둘만의 대화를 이어갔다.

"사실은 나 남편이랑 계획한 게 있어."

추연이 눈길로 무엇이냐고 물었다.

"1년 동안 세계 일주."

"남편이랑 둘이서 간다고? 1년 동안이나?"

"우리 남편 로망이야. 퇴직하면 지금 아파트 팔아서 외국

하마터면 엄마로 늙을 뻔했다

여기저기에서 조금씩 살아보는 거."

"그래, 부부가 그렇게 다니는 것도 좋겠다. 대신 객사하지 않도록 조심해."

"꼭 여기서 죽어야 해? 그랜드캐니언 그런 데서 죽으면 멋있잖아."

"얼마 전 유튜브에서 주식에 전 재산 넣고 배당금 받으면서 해외에서 한 달씩 사는 젊은 부부 봤어. 자유로워 보이더라. 물론 애가 없긴 하지만."

"다들 그동안 자식한테 할 만큼 했잖아. 이젠 일 욕심, 애들 욕심 내려놓고 나부터 챙겨야지."

"나도 울 딸 데리고 여행해야겠다."

"남편은 왜 빼?"

"그래, 남편도 데려가주지 뭐."

그렇게 말하고 추연은 멋쩍은 듯 웃어 보였다.

"그래, 미우나 고우나 남편밖에 없다. 파이팅!"

누군가 그랬다. 인생의 주인이 되는 법은 지금 이 상태로 충만해지는 것이라고. 우리는 이세 목적을 위해 앞만 보며 달려

가지는 않는다. 잠시 쉴 줄도 알고, 작고 소중한 것을 찾기도 한다. 조금 더 젊었을 때 이런 식으로 살 줄 알았다면 어땠을까? 하지만 그때는 그때의 소명이 있었다. 거기에 충실하며 겪었던 수많은 일들이 불행한 기억으로 남은 것도 아니다. 물론 다시 하라면 절대 할 수 없겠지만, 그 한때에 충실했기에 나는 부끄럽지 않다. 여자로 태어나 아내가 되었다가 엄마로 늙고 이제 하나의 존재로 돌아왔다.

이번 여행은 어렸을 적의 소풍을 떠올리게 했다. 지금 생각해보면 딱히 특별할 것도 없는 그 하루가 왜 그리 설레었는지 잘 이해가 되지 않는다. 우리가 어렸을 적의 소풍이란 버스가 데리러 왔다가 데려다주는 그런 편한 여행이 아니라 족히 수 킬로미터를 줄지어 걷는 강행군이나 다름없었는데도 말이다. 다만 그 어린 마음에도 친구들과 함께 어딘가로 떠난다는 행위가 주는 달콤함을 본능적으로 알았을 것이다. 우리는 모두 삶이라는 긴 여행을 해왔고, 앞으로도 이 여행은 계속될 것이다.

그새 주연은 소파에 등을 기댄 채 잠들어 있었다. 날이 그리 차갑지 않으니, 하루쯤 이렇게 노숙 비슷한 잠을 청해도 해롭지는 않을 것 같았다.

나는 거실 바닥에 등을 대고 눈을 감았다. 친구들과 떠나온 2박 3일의 제주도 여행. 그 첫날이 지나고 두 번째 날이 다가오고 있었다. 이 밤이 지나고 새로이 맞이할 오늘 하루는 온전히 나의 것이고, 우리의 것이었다.

지금

아내로, 며느리로, 엄마로
그동안 잘해왔다.
하지만 그 시간에서 나는
조력자의 역할에 충실해야 했다.

이제는
내 이야기를 다시 시작할 때.

그 이야기의 주인공은
바로 나다.

'행복하게 만든 책이 행복을 만듭니다.'

인생 쫌 아는 여자들의 공감 수다
하마터면 엄마로 늙을 뻔했다

ⓒ 조금희, 2024

초판 1쇄 찍은 날   2024년 1월 22일
초판 1쇄 펴낸 날   2024년 2월 15일

발행인   조금희
발행처   행복한작업실
등 록   2018년 3월 7일(제2018-000056호)
주 소   서울시 서초구 서초대로 65길 13-10, 103-2605
전 화   02-6466-9898
팩 스   02-6020-9895
이메일   happying0415@naver.com

편 집   이양훈
디자인   정연규
마케팅   임동건

ISBN   979-11-91867-00-8 (03810)